Sonya
ソーニャ文庫

番人の花嫁

最賀すみれ

イースト・プレス

contents

プロローグ

遠くで大人たちの呼ぶ声がする。しかしクレアはそれを無視した。

大きな楡の木の洞にすっぽりと身体を隠し、両手で顔を覆って泣きじゃくる。

あまりにもつらくて、悲しくて、恐ろしくて、涙がとめどなくあふれた。嗚咽が止まらない。

（いやよ……いや。絶対にいや！　人質なんて……っ）

つい先刻、父から告げられた決定に、それほど衝撃を受けていた。彼は国王という立場にありながら、この事態はどうしようもないと言っていた。

優しい母までもが、悲しげな顔で父に同意していた。いつもは勇ましいことを言う兄たちも、羊のように大人しく沈黙していた。

クレアが我慢して、申し出を受ける他ないのだと言わんばかりに……。

（いやよ。わたしはどこにも行きたくない……！）

心の中でそう叫び、ひときわ大きな嗚咽をこぼした、その時。——ふと、近づいてくる足音に気づいた。

クレアがここにいることなどお見通しといったふうに、まっすぐに歩いてくる。それが誰なのかは考えるまでもなかった。

何かあった時、クレアがここに逃げ込むことを知っているのは、世界でただ一人。

果たして、葉擦れの音と共に現れたのは予想通りの相手である。

「クレア……」

まず目に入ったのは、乳白色にも似た白金の髪。ふわふわの前髪は、柔らかく癖(くせ)を描いて優しい面差しにかかっている。

ウィリアム・ランファナン。

クレアの父の従兄にあたるグレスモント公爵の嫡男だ。二つ年上で、将来は父親の跡を継いで宰相となることが決まっている、クレアの幼なじみである。

いつもは明るく溌剌(はつらつ)としている彼も、さすがに今は沈痛な表情だった。温かみのある菫(すみれ)色の瞳が、気づかわしげに見下ろしてくる。

クレアの隣に腰を下ろし、言葉を探すようにして声をかけてくる。

「……みんな探しているよ……」

「わ、かって、る……っ」

クレアは嗚咽交じりの声で返した。だが涙は止まらない。止められないのだ。あふれる雫を手の甲でごしごしこすっていると、またしても悲しい気持ちがあふれ出し、クレアはついに膝の上につっ伏してしまう。

「いやだけど……、絶対にいやだけど、どうしようもないってわかってるわ……。だから……せめて、あとちょっと放っておいてちょうだい……っ」

父が治めるアルバ王国は先月、長年の仇敵である隣国マーシアと戦い、完膚なきまでに打ち倒された。マーシアは莫大な賠償金と領土、そして人質を、アルバに対して求めてきた。

『アルバ王家の人間を一人、平和の礎としてマーシア宮廷に招きたい。長い滞在になるだろう。人選はそちらにお任せする』

横柄な使者の言葉に、父は青ざめていた。

それもそのはず。長兄は王太子であるため論外。次兄と叔父には、王宮を離れられない父や長兄に代わって各地をめぐり、壊滅的な状態になった軍を立て直すという大事な使命がある。そもそも一人でも兵士が必要な現状、戦士としても優秀な彼らを手放すのは痛手だ。

その点、末娘で十歳のクレアは、今のところ特別な役目がない。王女として最大の使命──政略の駒として嫁ぎ、子供を産むまでには、あと数年の猶予がある。

両親と兄たちの沈んだ顔を見るまでもなく、他に選びようのないことをクレアは理解していた。

ウィリアムが憤然と吐き捨てる。

「マーシアは卑怯だ！」

戦争において、かの国は正々堂々と戦わず、不意打ちなどの卑怯な作戦ばかり取ってきた。侵攻した土地では兵士も平民も区別なく殺すことで、民衆を恐怖で支配し、祖国への裏切りを強いたという。住民たちによるかく乱に、アルバ軍はマーシア軍と戦う前にひどく消耗を強いられた。

ウィリアムは誇り高く、まっすぐな性格だ。騎士道を冒瀆するかのようなマーシアのやり方が許せないのだろう。

「今の女王になってから、ひどくなる一方らしい……」

勝てばいいとばかり、卑劣な手段に訴えて恥じないマーシア軍の戦い方は、他の国でも蔑まれている。それは現在あの国を治める女王のせいだと言われていた。

残酷な女王マティルダ。マーシア王の一人娘として生まれ、蝶よ花よと育てられたマティルダは、気に入らない政略婚を迫った父王を暗殺してその座に就いたと噂されている。

人柄はおぞましいの一言に尽きた。逆らう者を責め殺すのが趣味で、『残酷な女王』という俗称を好んで用いているらしい。拷問を宴の余興として楽しんでいるとも伝わってくる。

クレアは背筋が冷えるのを感じた。

そのように恐ろしい人間が支配する宮廷へ送られるなど……、一体どのような未来が待ち受けているのだろう？

「ウィリアム。わたし、怖い……っ。怖くて怖くてたまらないの……っ」

両手で顔を覆い、新たな涙を隠す。そんなクレアの肩に両腕をまわし、ウィリアムはぎゅっと抱きしめてきた。ただ静かに寄り添ってくれる幼なじみの腕の中で、クレアはさめざめと最後の涙を流す。

泣くだけ泣いたら、その後は覚悟を決めて家族のもとに戻ろう。ただでさえ苦労の多い彼らを、これ以上苦しめてはならない……。

そう考え、必死に心の整理をつけていると、ふいにウィリアムが重い口調でつぶやいた。

「僕がついてるよ、クレア。だから……僕に勇気をちょうだい」

「勇気を……？」

不思議な言葉に顔を向け、間近で見つめ合う。ウィリアムの白皙（はくせき）の顔はひどく青ざめていた。

「……どうしたの？」

「クレアは僕のこと、嫌いじゃないよね？」

「当たり前じゃない。大好きよ」

ウィリアムは明るく、優しく、勇敢で、正義感にあふれ、勤勉で、聡明で、将来は誰よりも立派な宰相になるにちがいないと期待されている、自慢の幼なじみだ。

嫌いなんてとんでもない。なのに彼は、「よかった……」と、今にも泣きそうな顔で言った。そして抱擁を解き、菫色の思いつめた眼差しで見つめてくる。

「あのね、クレア。お願いがあるんだけど……。ちょっと立ってくれる？」

「え、……立つの？」

「どうしても必要なんだ。もちろん、しなくても僕の心は決まってるけど、でも、もしできたら、僕はもう何も怖くなくなる。大きな勇気を得て、迷いもなくなる」

何を言っているのかよくわからない。

(何をするつもりなの？)

この国を離れるクレアとの、お別れの挨拶だろうか？　それにしてはひどく真剣で、不安そうな表情だ。

(わたしが……マーシアに行って、彼を忘れてしまうんじゃないか、心配しているの……？)

だとしたらそんな心配は無用だ。それどころかこの国に帰ってきて、兄たちや彼と共に、力を合わせて国を守り導く未来が、クレアにとって心の支えになるだろう。

「いいわよ」

　クレアは木の洞を出てからまっすぐに腰をのばした。スカートについた土を払っていると、その前にウィリアムは跪く。そして恭しくクレアの右手を取った。

「こんなことを突然言い出して、きっと驚かせてしまうかもしれないけれど……、僕、君が好きなんだ。それもたぶん、君の好きとはちがう種類の好きだ」

「ウィリアム……？」

「言ってること、わかるかな？」

　振り仰いでくる彼を見下ろし、クレアは驚きに言葉を失ってしまった。意味は、何となくわかると思う。その結果、クレアは自分の顔が真っ赤になるのを感じた。

（そんな、突然……そんなこと言われても……！）

　これまでずっと親しくしていたけれど、一度もそんなそぶりは見せなかったのに。

　赤裸々な言葉をかけられ、クレアは人質の件も忘れて立ち尽くした。

「あの……」

「だから僕は君を守りたい。僕は一生、君のために戦う。君の幸せのために尽くすと誓う。全力で君を守る。だから……」

　ウィリアムはそこで、クレアの右手を強く握りしめた。

「だから、僕と結婚してくれる？」

「えぇ……っ!?」

（まさか……プロポーズ⁉）

もちろん正式なものにはなりえない。互いに立場がある以上、大人たちの意見を聞かないわけにはいかない。それでも――

「えぇ……、結婚するわ……っ」

今この瞬間、二人の間では、立派に真実の誓いだった。

未来の約束を得たことがうれしかった。クレアのほうこそ、胸がはち切れそうなほど大きな勇気を得る。そしてそれこそが、彼の目的だったのだろうと悟る。なんて優しく、立派な幼なじみなのだろう。

悲しい気分はすっかり吹き飛び、まだ目尻に残っていた涙を、左の手の甲でぬぐう。

「ありがとう……」

クレアの声と、彼の声が重なった。くすぐったい思いで見つめ合い、――彼は押しいただいたクレアの右手に、そっとくちびるを当ててくる。

「………っ」

衝撃に息が止まり、身体中の血が頭に集まったかのように、クレアは緊張にぼうっとしてそれを見守った。

力が抜けてしまい、その場にくたくたとしゃがみ込んでしまう。そんなクレアを、彼はどこか思いつめた目で見ていた。あまりに真剣な眼差しにドキドキする。

どうすればいいのかわからない。真っ赤になったままのクレアを、彼は改めて、力強く抱きしめてくる。

「僕は、君のためなら何でもする」

「え……？」

その言葉の意味を理解したのは、城に戻ってからのことだった。

クレアの手を引いて、国王と王妃、そして二人の王子の前に立ったウィリアムは、背筋をぴんとのばして申し出たのである。

「陛下。どうかクレアの代わりに僕をマーシアへ送ってください。僕はまだ十二なので、兵士としてはお役に立てません。ですが王家の遠縁なので、人質になれるはずです」

「おぉ……っ」

とたん、その場が大きな安堵で包まれるのを肌で感じた。

十二歳の少年の勇気ある申し出に、国王は心からの賛辞を述べる。王妃は涙をにじませて感謝し、王子たちは少年の決断を讃えて代わる代わる抱擁する。その横でクレアは泣きくずれた。

「ダメ、いけない、そんなの……っ」

彼を犠牲にして自分だけが助かるなど、そんなことがあってはならない。うれしいなんて、とても思えない。一方で、心のどこかでホッとしているのも事実だった。そしてホッとしてしまう自分がいやでたまらない。……いや、やはりこんなことは良くない。

「ダメよ、ウィリアム……！　わたしが行くわ……っ」

しゃがみ込んで泣きながら、クレアは首を振った。絶対にだめだ。彼を身代わりにするなんて……！

しかしウィリアムはクレアの前に膝をついて、決意に満ちた笑顔を浮かべる。

「君をあんな国に行かせて、ずっと心配して暮らすなんて、考えるだけで頭がおかしくなるよ。それより、君がこの国で待っててくれることを信じて、自分で行くほうがずっとましだ」

恐ろしいことを言っているというのに、彼の笑顔はどこまでも晴れやかだった。

「待っててくれるね？」

臆病なクレアの自責を見透かすように、彼は優しく訊ねてくる。

長い逡巡の後、クレアはうなずいた。申し訳ないという思いを胸の内で抱きしめながら、何度もうなずく。

「わたし、あなたと結婚するのだもの。いつまでも……いつまでも、待ってるわ……っ」

「よし、決まりだ」

ウィリアムはうれしそうにクレアを抱擁してくる。

「心配しないで。すぐに戻ってくるから」

軽くそう言った彼は、自分の言葉を疑っていないようだった。しかし——一年たっても、二年たっても彼は戻ってこなかった。

この時、彼の優しさに甘えた自分を、クレアはその後ずっと心の中で後悔し続けることになる。

1章　再会の喜びと絶望

「見つけました、将軍！　この女です！」

名もなき兵士に強い力で背中を押し出され、思わずよろめいたものの、クレアはすぐに体勢を立て直した。背筋を正し、落ち着き払った態度でその場を見まわす。

アルバ王国の城にある謁見の間である。数百年前に建てられたため、積まれた白い石が剝き出しになった無骨な建築だ。窓は小さく、室内は昼間でも薄暗い。

しかし広大な空間と、それを支える列柱は、訪れる者を威圧する荘厳さに満ちている。奥には大きな階段があり、昇りきった先には天蓋付きの玉座が据えられていた。

現在、階段の手前には多くの敵兵と、アルバ人の貴族たちが並んでいる。

玉座では、憎き敵国マーシアの将軍がこれ見よがしにふんぞり返っていた。それだけでクレアの心は怒りに燃え上がる。

そこは今朝までクレアが座っていた、アルバの治世の象徴である。その座をめぐって、先祖たちが骨肉の争いを繰り広げたこともある。しかし彼らをして、資格を持たぬ者を近づけたことなど一度もなかった。その聖性が今、無情にも蹂躙（じゅうりん）されていた。アルバ人ですらない、異国の蛮人によって。

（お父様……、お母様……。どうかわたしをお守りください――）

目立たない色味ながら質の良いドレスのスカートを握りしめ、クレアは祈る。

父はひと月前、マーシアの軍勢と自ら剣を振るって戦い、名誉の死を遂（と）げた。

長く病を患っていた母は、父の戦死が伝えられるや、後を追うように息を引き取った。

彼女はマーシア王家の出身である。和平のために送られてきた身でありながら、両国の戦乱を止められなかったことを長く悔（く）やんでいた。愛する夫の死によって、生きる希望を失ってしまったのだろう。

長兄も次兄も、もう何年も前に戦死した。最後の頼りである叔父もまた、先日激しい戦乱の中で行方不明となり、いまだ発見に至っていない。

十八歳のクレアは、敵兵に荒らされた王城にたった一人で残された。かなうことなら誇り高い死を選びたかったものの、そういうわけにもいかない。今、アルバ王国にあるべき形を取り戻すことができるのは、クレア以外にいないのだから。

（わたしが先頭に立って、この国を守らなければ――）

そう。ほんの一か月前に即位したばかりとはいえ、クレアはれっきとしたアルバの女王である。

（何年かかろうと、きっとこの城からマーシア兵を追い出し、アルバ人の手に取り戻してみせる……！）

胸を張り、恐れずに玉座を見上げるクレアを、マーシアの将軍は不愉快そうに見下ろしてきた。

「なるほど、母親似の美しい王女だ。さくらんぼみたいなくちびるを尖らせて、かんかんに怒っているじゃないか」

将軍の軽口に、階段下の兵士たちが笑う。クレアは怒りを自制して冷静に応じた。

「わたしは王女ではなく、女王です」

「女王は今日限りでクビだ！」

将軍が、手で首を斬るしぐさと共に宣告する。兵士たちの笑い声はもっと大きくなった。

こぶしの中に屈辱を握りしめ、クレアはにこりともせずに返す。

「……わたしが女王であるか否かを決められるのはアルバの民のみ。それ以外の者に何を言われようと、耳を貸すつもりはありません。わたしも、わたしに忠実な者たちも」

むきになって反論をするのでも、腹を立てて怒鳴りつけるのでもない。

毅然と、ただ事実をありのままに伝える言葉に、敵であるはずの兵士たちが少しずつ笑いを治めていく。

将軍はフン、と大きく鼻を鳴らし、玉座から腰を上げた。階段をゆっくりと下りてクレアの前に立つ。

「おまえは、今や敗北した国の惨めな王女に過ぎない。それをよく思い知らせてやろう」

そう言うと、彼は手を大きく振り上げる。

（殴られる…っ）

クレアはとっさにそう覚悟するも、将軍は傍にいた兵士に手を振り、何かを命じただけだった。

クレアの母はマーシアの王族だ。彼の立場では暴力を振るえないだろう。

その代わりとでもいうのか。ほどなく、将軍の指示を受けた兵士が、ひと抱えほどもある絵画を手に戻ってくる。

恭しく掲げられた後、階段上の玉座に置かれたのは、現マーシア女王マティルダの肖像画だった。アルバの貴族からざわめきが漏れる。

クレアはそれとなく周囲に目をやった。

玉座に置かれた仇国の女王の絵姿を見守る彼らの反応は、二種類に分けられた。屈辱に震える者と、追従の笑みを浮かべる者と。前者は今回の戦でクレアに、後者はマティルダに味方をした者である。

（自らの利益と保身のために国を裏切った者たち――）

父王が戦死した後、たった一か月で王都が陥落したのは、クレアを見限った一部の貴族が暗躍したせいだと言われている。クレアは悔しさに歯噛みした。

その目の前で、将軍が鋭い声を張り上げる。

「マティルダ陛下の御前に跪け！」

その瞬間、マーシアの兵士たちがいっせいに石の床に膝をついた。彼らと通じていると思われるアルバの貴族たちが、少し遅れてそれに続く。

もちろんクレアと、クレアに忠実なアルバの貴族たちは立ったままだ。すると将軍は、クレアの肩をつかんで無理やり跪かせてきた。

「跪けと言っている！」

石の床に膝を打ち付けて悲鳴を上げるクレアへ、さらに傲然と命じてくる。

「そこに突っ立ってる貴族どもにも従うように言え。でないとあいつらを縛り首にしてやるぞ」

「――――……」

固唾をのんで見守る者たちに向け、クレアはくちびるを震わせる。

「……皆、言う通りにしなさい」

静かなクレアの言葉を得て、ようやく残りのアルバの貴族たちも次々と床に膝をついた。

悲憤を押し殺す彼らの面持ちを満足そうに見まわした後、将軍は肖像画の置かれた玉座を背に、階段の半ばに立った。

「これよりアルバはマーシアの属国となる！　細かいことはさておき、今この場での要求はただひとつ。この国の王女クレア・オブ・ローズ＝ベルニシアを、客人として我が国にお連れする」

「陛下を……マーシアへ……!?」

「まさか……！」

国王を死に追いやるか、あるいは廃位させるというのであれば、充分予想できたことだ。しかし王位にあるまま連れ去るなど前代未聞である。

思いがけない宣告に、アルバの貴族たちがどよめく。クレアは固く目を閉じた。

（ごめんなさい、みんな。耐えて……！）

現在アルバに他の王族はいない。クレアさえいなくなれば、マーシア人の領主が好きにできるというわけだ。そしてもうひとつ――

「それは人質ではないのか！」

「女王本人を人質に取るなど、まともな国のすることか！」

我慢できないとばかりに叫んだのは、ノーマンとケヴィンだった。二人とも大臣の息子で、クレアを幼い頃から知る仲である。宰相の甥のライアンが彼らの肩をつかみ、それ以上の反論を制している。

しかし周囲では他の大人たちが、彼らよりもさらに声高に反対を叫ぶ。

大騒ぎをする貴族たちに向け、将軍は音を立てて剣を抜いた。

「不服な者は前に出よ！」

白刃を不穏に輝かせ、その場をぐるりと睨めつける。

騒いだ貴族たちを背にかばう形で、クレアは将軍の前に進み出た。

「不服などありません」

見も知らぬ異国――それも「残酷な女王」を戴く敵国になど行きたくはない。しかし今この場でさらなる流血を招くわけにもいかない。生き残った彼らには、この先アルバの国政を委ねなければならないのだから。

怒りのやり場がない様子のアルバの貴族たちを、クレアはゆっくりと振り向いた。そして一人一人と目を合わせながら、噛みしめるように言う。

「困難な時に、国を離れる勝手を許してください。ですが約束します。わたしはいずれ必ず、女王として再びこの国に戻ってきます。――それまでこの国を頼みます」

「陛下……！」

感極まったようにうめく貴族たちの様子に、敵の将軍は顔をしかめた。

「連れていけ！」

号令を受けて集まってきた敵兵が、クレアを両脇から抱えるようにしてその場から連れ出す。

「クレア――陛下！」

「よせ！　その方に乱暴をするな！」

顔なじみの貴公子たちが悔しげな顔で抗議する。今にも飛び出そうとする彼らを押さえつけながら、他の貴族たちも心無い敵兵の仕打ちを罵倒する。

そんな彼らに向け、クレアは最後まで訴えた。

「帰りますから！　わたしは必ず、帰ってきますから……！」

両腕を引っ張られながら、幾度となく振り返り、そう叫ぶ。実際、遠ざかる謁見の間を眺めながら、クレアはその約束が将来必ず実現するであろうことを少しも疑っていなかった。

⚜

マーシア王国の王宮は比較的新しい。

大きな窓と白い大理石の廊下は、明るい色の壁紙や豪奢な絵画、金銀水晶がふんだんにあしらわれたシャンデリアで飾られ、見る者の目をまばゆさで潰してしまいそうなほど。

廊下に置かれた無数の家具調度は一流の職人による作品ばかりだが、一年の内で数えるほどしか人目につかないものも多い。

それだけではない。色鮮やかな天井のフレスコ画、背の高い金の燭台、金の置き時計——さらにはそれらを誇示するため、あえて人を歩かせる造りとなっている無駄に長い廊下。

（すべて燃えてしまえ！）

目的地までまっすぐに進める合理的な廊下がほしい。そんな一念を胸に、豪華を通り越してバカバカしいほどきらびやかに飾り立てられた王宮の中を、ウィリアムは足早に進んでいた。

女王の召し出しがあったのだ。あの女王はいつも突然声をかけてくる。そしてできる限りの早さで駆け付けなければ臍を曲げてしまう。臍を曲げさせたら最後、その者に未来はない。

（だが、ある程度見当をつけることはできる——）

幸か不幸か、ウィリアムは厄介な女王の行動を予測する術に長けていた。

今朝、しぶとく抵抗していたアルバ王国がついにマーシア軍に屈したと報せが来た。そのため、おそらく呼ばれるだろうと思い、準備をしていたのが功を奏した。

アルバとマーシアは、ひとつの広大な島を南北に二分する隣国同士である。元々はアルバの人々が暮らしていた島に、大陸から移民が押し寄せて南部に住みつき、少しずつアルバ人を北に追いやっていったのだ。

アルバ王国のほうは、自分たちがマーシアと対等だと思っているようだが、現実的に考えてそれはない。軍事力も、経済力も、今やマーシアのほうが圧倒的に優勢である。それでもこれまでアルバが滅ぼされなかったのは、生産力が低く資源の乏しい北への侵略に、マーシアがあまり積極的ではなかったからだ。

マーシアの意識はあくまで、海をはさんだ豊かな大陸にあり、島の北へ追いやった小国など眼中にない。ただ大陸と戦火を交えるにあたり、背後を突かれては面倒なため、定期的に叩いているに過ぎない。

ギャラリーを抜けて緑あふれる庭園に出たウィリアムは、そのまま白い砂利(じゃり)道を進み、その先にある宮殿に慣れた足取りで踏み込んでいった。

マーシアの歴代国王は王宮の中に私室を持っていたが、現女王は広大な庭園の中に独立したひとつの宮殿を建てさせ、そこを自分の住処(すみか)としているのだ。

大人の召使いは必要最低限。代わりに十二歳から十六歳の、見目麗しい少年たちが多く集められたそこは、『仔犬の園』と呼ばれている。日頃の憂(う)さを忘れて愉(たの)しむために造られた、女王の夢の世界である。

「お召しに従い参上いたしました。陛下――」

宮殿の居間に入っていったウィリアムは、黄金色の絨毯(じゅうたん)の中央まで進むと膝をついた。

大きな窓があるものの、今日はあいにくの天気である。陽光が入らない分、蝋燭(ろうそく)の明かりを増やした部屋の中で、女王はしどけない薄着一枚の姿になり、白と金のタフタのクッションに埋もれるようにして寝椅子に横たわっていた。寝椅子の周囲には、年端も行かない少年たちが大勢侍っている。

「おや、早いね」

おっとりとそう言うのは、女王マティルダ——悪名高いマーシアの現女王である。

四十歳をとうに過ぎているはずだが、美容に湯水のような金をかけているせいか、まだ三十前後にしか見えない。癖の強い赤い髪の毛を指でいじりながら、緑の瞳は、まるで魔物のように残忍に輝いていた。

「遅れたらどうしてやろうかと、楽しく考えていたというのに……」

くつくつと喉の奥で笑う。

豊かな国の王女に生まれ、唯一の王位継承者として育ったマティルダは、幼い頃からその嗜虐的な性質を問題視されていたらしい。どんな形であれ人を傷つけるのを好み、その機会を逃そうとしないのだ。

臣下としての対処は、口実となりうる隙を与えない、の一択だ。

卒なくかしこまるウィリアムを、女王はおもしろそうに眺めてきた。

「おまえはいつも妾の呼びかけに素早く応える」

「常に陛下のお声を待ちわびて、耳をそばだてておりますゆえ」

跪き、深々と頭を下げ、ウィリアムは意識して淡々と応じた。彼女は大人の男の愛想笑いが大嫌いだ。気を引こうと笑みを浮かべるのは逆効果である。

「良い心がけじゃ。昨日エノー子爵を呼んだが、待てど暮らせど来なかった。汗だくで駆け付けたと思ったら、病で臥せていたとか何とか言い訳していたが、ひそかに夜の街で遊んでいたせいで、召使いが探し出すのに時間がかかっただけさ。妾が気づかないとでも思ったのかね」

「臣下について、陛下が知りえぬことはございません」

何しろ密偵や間者をあらゆるところに置いているのだから。

ウィリアムの返答に、女王は気を良くしたふうにうなずいた。

「おまえはよくわかっているね。でもエノーは理解していなかった。嘘を並べ立てて罪から逃れようとする人間を、妾がどれほど嫌っているか！」

突然豹変した口調で言い放ち、握りしめたこぶしで寝椅子の肘掛けを殴りつける。

が、囲んでいた少年たちが怯えたように身を引くと、とたんに女王は猫なで声になった。

「あぁ、いいんだよ。妾のかわいい仔犬たち。おまえたちのことは愛している」

女王にそう言われ、くすぐったそうに笑う少年たちもまた、主と同じく肌が透けて見える薄物を身に着けただけの姿だった。そして首には金の首輪をつけている。

女王を羽扇であおぎ、飲み物や果物を捧げ、身体を揉むなど、かいがいしく世話をする美しい少年たちは、女王が何よりも好む愛玩物である。

跪く少年の喉をくすぐりながら、女王は意地の悪い笑みを向けてきた。

「エノーは今、地下牢につないでるよ。ねぇウィリアム。あいつをどうやって処分してやろうか？」

「は――」

答えずにいれば罰を受ける。しかし人を苦しめる方法を自ら口にするのもはばかられる……。臣下のそんな逡巡を愉しむための問いだ。

ウィリアムは恬として応じた。

「残念ながら非才の身ゆえ、陛下ほど独創的な発想は持ちえません」

とたん、女王はけたたましい声で笑う。

「賢い。おまえは賢いねぇ！　妾の傍に最も長く仕えていながら、ぴんぴんしていられるわけだ」

結局、常軌を逸した残酷さで知られる女王は、件の子爵を蜂でいっぱいの部屋に放り込んで死ぬまで放置してやると上機嫌で宣言し、侍らせた少年たちを青ざめさせた。

しかしウィリアムは眉ひとつ動かさず、かしこまり続ける。

女王は、気の毒な廷臣のことなど一瞬で忘れたかのように、寝椅子の上で身を起こした。

「おまえを呼んだのはアルバの件だ。即位したばかりの女王っていうのを捕まえたんだが、これがなかなか扱いに困る娘らしい。何でもたいそう気高く美しい娘で、アルバの宮廷では多くの貴族たちが心酔している様子だったとか。マーシアの宮廷に置くのは危険だと、将軍が書いてよこした。――おまえ、知ってるかい？」

「は……」

脳裏をよぎる過去に目をつぶり、ウィリアムは静かに応じる。

「王女とは親戚で、歳が近かったこともあり、子供の時分に何度か言葉を交わしたことがございます。ですが、特別美しいとは感じませんでした」

「おや、そうかい。……性格はどうだ。気が強いのか？」

「両親や兄の後ろに隠れているだけの大人しい娘という記憶しかございません。私がここに来てから八年も経っておりますので、今はわかりませんが……」

「なるほど。父親が死んで、女王に祭り上げられて、たった一か月で退位させられたわけだから、必死に虚勢を張っているのかもしれないね」

ウィリアムの返答に、女王は気を良くしたようだった。

「とはいえ、厄介なのは間違いない。美しいとか、そういう問題じゃないよ。わかるな？」

「は……」

ウィリアムはさも不愉快そうに眉根を寄せた。

「クレア王女は、恐れ多くもマティルダ陛下の従妹君にあたります。マーシアとは何の縁もないにもかかわらず、陛下にお世継ぎのいらっしゃらない現状、その王女はマーシアの王位継承権を持つ唯一の人間というわけです」

美貌を謳われたクレアの母は、マティルダの父であるマーシア前王の妹である。前王には妹が複数いたものの、全員異国に嫁いだ後、子供をもうけずに死んだ。そしてマティルダには兄弟や他の近しい親族がいない。仮にその身に何かがあった場合、跡を継ぐことができるのはクレア以外にいないのだ。

女王はくちびるを尖らせる。

「父上もろくでもない問題を残してくれたことだ。王位継承権を持つ従妹とあっては、虫けらのように殺すわけにもいかないではないか」

残酷さで知られる女王は国外に敵が多い。特に海をはさんで向かい合う大陸の国々は、虎視眈々（こしたんたん）と侵略の機会をうかがい、その口実を探していた。

従妹殺しは、家族殺しにも等しい所業である。自分の王位を守りたいがためだけにその罪を犯せば、糾弾の理由になりうる。

だがクレアの場合、大陸諸国の介入を招きかねない、さらに重大な懸念があった。

「何よりクレア王女は、陛下と同じく、遡（さかのぼ）れば大陸諸国の王家の血も引いておられます」

「わかっておる！」

マーシアの王家は、歴史的に大陸の国々と政略結婚を重ねてきた。つまりクレアも、遠いとはいえ大陸各国の王族と血縁関係にある。

「あの娘を理由もなく殺せば、親戚を名乗るどこぞの王族が、不当な処刑だと騒ぎ立てて兵を送ってくるに決まっている。だが生かしておいて、それこそ大陸の国の王子と結婚でもされては、厄介どころの話ではなくなる――」

もしそうなれば、その王子は自分の妻や子供をマーシアの王位継承者にと主張し始めるにちがいない。

女王はひどくイライラした様子で親指を噛んだ。ウィリアムは頭を垂れたまま余計な口をはさまず、かしこまり続ける。

一番の解決策はマティルダ自身が結婚し、まっとうに子供をもうけることだが――それは論外である。

マティルダの男嫌いは有名な話だ。彼女が愛するのは十代半ばの美少年のみ。結婚をと進言して失脚した臣下は数知れず。おまけにすでに四十歳を超えた身とあっては、子供を作れるかどうかも怪しい。

そもそも彼女は、自身が健康に過ごしている間は後継者を定めるつもりがないようだ。それを足掛かりに叛乱でも起こされては、と警戒する気持ちのほうが強いのだろう。

「それで妾は考えたのだよ。ここはひとつ、おまえに頼るしかあるまいと」

「……と、おっしゃいますと？」

真意を読み取れずに訊き返したウィリアムを、女王は手招きした。寝椅子の足元まで近づき、再び跪いたところ、顎に指を引っかけて上を向かされる。

「おまえは大人になってもきれいな顔のままだね……」

そんな言葉と共に、女王の手が、柔らかな癖を描く髪の毛を梳いてくる。無表情でされるがままになるウィリアムを、禍々しい緑色の瞳が、しげしげと見下ろしてきた。

「おまけに誰よりも妾に忠実だ。顔に笑みを浮かべつつ、腹の中で妾の首を絞めている輩とはちがう」

「恐れ多いお言葉に存じます」

誰よりも忠実でなければ生きのびることができなかった。この女王は裏切りにことのほか敏感だ。気に入られ、傍に置かれた以上、女王の不興を買わないよう細心の注意を払う他身を守る術はない。

「そんなおまえにしか頼めぬことだ。ウィリアム、おまえ、そのアルバの小娘と結婚してくれないか？」

「――……」

まったく予想外の言葉に、さすがのウィリアムも一瞬、言葉を失う。

「……今、なんと」

戸惑い交じりに返すと、女王は小さく肩を竦めた。

「神の前におまえと小娘は結婚したと、国内外に広く伝えるのだ。そうすれば小娘との結婚を目当てに、余計なことを企む国も減るだろう」

「――――……」

どうやらマティルダは、捕らえたアルバの女王を本気で警戒しているようだ。よって絶対に自分を裏切らない男と結婚させようとしている。

こみ上げる混乱を押し殺し、ウィリアムは慎重に、淡々と応じる。

「結婚ですか……。私に、陛下以外の女のものになれと？」

「おまえは本当に賢い、良い子だね」

女王は両手で包んだウィリアムの頬をなでまわした。

「他の候補も色々と考えたんだがね。モーデン伯とか……」

モーデン伯爵は、王家に連なる娘と結婚したマーシアの将軍だ。早くに妻を亡くし、長いこと寡でいる六十歳の老将である。

「だがあいつはまだまだ生臭い野心を持つ。かといって他に適当な独身の男もね……」

警戒心の強い女王は、臣下の全員を平等に扱っている。むろん公正さによるものではなく、彼らの勢力を同程度に据え置くことで、特別に力のある臣下を作らず、互いに争わせるという方針のためだ。いまだに王位継承者を決めていないのも同じ理由である。

そんな中、モーデン伯とクレアがくっついては、均衡が大きくくずれてしまいかねない。

（なるほど、そういうことか。だが――）

ウィリアムはかすかに眉根を寄せた。

「私の代わりにドロウ公などいかがでしょう？」

とたん、女王は大笑いする。

「あっはっは！　あのデブ！　花嫁は初夜の床で潰されて死んでしまうよ」

「陛下のお心を悩ませる娘にはそのくらいが似合いかと」

「だがあのデブは心臓が弱っていて、いつ死んでもおかしくない状態だそうだ。マーシアの公爵がアルバの王女の腹の上で死んでは、それはそれで問題になる」

「では――」

次の名前を挙げる前に、まだくすくすと笑いながら女王が言った。

「厄介ごとを押しつけてすまないね。だが女王の頼みだ。聞いてくれるな？」

「この身は陛下の下僕にございますれば、問いは不要かと」

間髪を容れずに応じると、女王はしごく満足そうに緑色の目を細める。彼女はウィリアムの乳白色の髪を再びまさぐり、首筋をなぞってから手を放す。

「安心おし。他の女と結婚したとて、おまえは私のものだよ」

くくく……、とまとわりつくような笑い声の中、ウィリアムは黙ってうなずいた。

⚜

マーシアは寒く、雨の多い気候である。

多くの人が口にしていた言葉は真実だったと、クレアは身をもって知った。

アルバを連れ出されてから一週間。晴れたのはたったの二日だけ。湿気も多く、厚織の外套を身に着けているというのに身体は芯から冷える。それでなくても暗い気分が、さらに重くなってくる。

(まだ着かないのかしら……?)

鬱々とそう考えた矢先、マーシアの王都近郊まで来たところで、クレアは馬車から降ろされた。ひんやりとした霧の立ち込める中、あたりを見渡せば目の前には大きな湖が広がっている。その湖畔にある粗末な船着場に連れていかれた後、今度は小舟に乗せられた。

早朝の今、湖は濃い霧に包まれ、全容がまるでわからない。

(どこに行くのかしら……?)

小舟の縁にしがみつき、周囲の様子に目を凝らすクレアに、見張り役の騎士があざける口調で説明をした。

「向こうにあるのはバーンウェル城。名前くらいご存じでしょう」

「バーンウェル……」

クレアの眉根にわずかな皺が寄る。その不吉な名前は、確かにアルバまで聞こえてくるほど有名だった。

湖に浮かぶ小島の上に建つ優美な古城。しかして実態は、歴代のマーシア国王と敵対した貴人が処刑される前に送り込まれる、離宮という名の牢獄である。

「そんな……っ」

これから自分がそこに入れられると知り、クレアは思わず首を振った。それを怯えと受け止めたらしい騎士が、おどろおどろしく声を低める。

「そう、一度入ったら刑死、病死、自殺——そのいずれかに至るまで決して出られない、恐怖の城ですよ」

しかしクレアを打ちのめしたのは、不吉な城に送られる恐怖ではなかった。

(てっきり王宮に連れていかれるものと思っていたのに……!)

霧の向こうで少しずつ輪郭を現し始めた城を、困惑と共に見上げる。

マーシアの王宮に行きたかった。望んだわけではないとはいえ、この国に来たからにはやりたいことがあったのだ。

八年前に自分の身代わりとしてこの国に送り込まれた後、消息のわからなくなった婚約者を探したい。

(ウィリアム——)

クレアは祈るように両手を組んだ。

敵国へ旅立った後、しばらくは彼から手紙が来ていた。どの手紙にも元気だから心配しないよう書かれていたが、マティルダ女王の評判を考えれば信じられるはずがなかった。

そして一年後――交易上の揉め事に端を発する問題から、マーシアとアルバは再び戦争に突入した。その戦乱の中、助けを求める手紙を送ってきたのを最後に、ウィリアムからの連絡は途絶え、半年後に休戦となってからも音沙汰がないまま。それ以降の行方は杳として知れない。

クレアはその後も幾度となく手紙を送ったものの、返事は一度も来なかった。マーシアの宮廷に送った大使によると、死んだとは聞かないが、宮廷では姿を見かけないとのことだった。その事実はクレアの胸を不安で焼き焦がした。

マーシア女王の非情さは有名だ。ことに逆らう者に対しては異常な残忍さを見せるという。そのためマーシアの宮廷では、突然変死を遂げたり、行方知れずになる者も多いらしい。考えるだけで身の毛がよだつ思いだが、それでもクレアはウィリアムの身に何が起きたのか、真実を知りたかった。

よってマーシアへの連行が決まった際、ほんのわずかだがうれしい気持ちもあったのだ。もしかしたら自力で彼を探すことができるかもしれない、と。

(それなのに、こんな……王宮どころか、人里からも離れた場所に閉じ込められてしまうだなんて……)

　これではウィリアムを探すどころではない。

　そもそも一度入ったら二度と出られない城に閉じ込められるなど、緩慢な処刑も同じだ。祖国のために何もできないまま、ただ忘れ去られていくのみである。

(何とかして逃げ出さなければ……)

　それとなく周囲を探るクレアの眼差しに気づいたのか、監視の騎士がニヤリと笑う。

「逃亡なんて考えるだけ無駄ですよ。この離宮の主人は、マティルダ陛下の元情夫で、どんな買収にも応じない忠実な臣下。おまけに女王の命令であれば無実の子供すら処刑台に送り込んできた冷酷な獄吏ですからね。色仕掛けも金も通用しない。生きて国に帰ろうなんて考えは早いとこ捨てることです」

「そう。女王が女王なら、情夫とやらも人でなしなのね」

「なんだと……!?」

　騎士が剣の柄を握りしめて気色ばむ。その時、漕ぎ手が「見えてきました」と言った。霧の中から石造りの小さな船着場が少しずつ近づいてくる。

　騎士は舌打ちをして剣の柄から手を放した。

「まぁいい。あなたは死ぬまでここに閉じ込められるんです。その日が早いか遅いかは知りませんが、どちらにしろ退屈で死にたくなるでしょうよ」

霧に包まれた古城は、苔に覆われた暗い色の石の建物で、ひどく不気味に見えた。それは上部の胸壁で鳴く複数の烏のせいかもしれない。あるいは、窓のすべてに取り付けられた鉄格子のせいか。

船着場でクレアを迎えたのは、灰色の外套をまとった子供だった。深くフードをかぶっているため、最初は気がつかなかったが、ふとした瞬間に奥までのぞき込む形になった時、まだあどけない顔が見えた。しかし頬から顎にかけて無残な火傷の痕があり、まるで魔物の肌のように爛れている。

ひと目見て、クレアは思わずひるんでしまったものの、相手は別段反応を示さず、虚ろな目で城のほうを指し示した。そちらに入口があるということか。

「あなたはこの城の子供なの？」

先導するように前を歩く小さな背中に問いかける。しかし返事はなかった。先ほど一瞬だけ目にした顔は五、六歳に見えたが、使用人の子供か何かだろうか。

彼は濃い霧の中、灰色の外套をひらめかせ、後ろを振り返ることなく、土の道に一定の間隔で置かれた踏み石を足早に進んでいった。城の玄関へたどり着くと、彫刻の施された木製の扉の鍵を開け、内部へと入っていく。クレアはしばしためらった末、意を決してそれに続いた。

（わ……）

内部は、おどろおどろしい外観とはまったく異なる作りだった。床はタイル張りであるものの、それ以外の壁や天井、視界に入るあらゆる部分は、キャラメル色の木板で覆われ、優雅でありながら温かみのある、落ち着いた印象である。おまけに外よりも暖かく、洗濯物に焚きしめてでもいるのか、ほのかにハーブのいい香りがする。

それでもどこかさみしげなのは、人の気配がしないせいだろう。広い玄関ホールはがらんとして、静まり返っていた。高い壁を飾るのは、うるさくない程度に配された肖像画や風景画。また絨毯の敷かれた立派な階段が、こちらに向けて優美な弧を描いている。

周囲をぐるりと見まわした時、クレアは階段を下りてくる人影に気がついた。ここの主人だろうか。

警戒して見上げる先で、相手はゆっくりと階段を下り、静かに声をかけてくる。

「レオン、もういい。さがれ」

さほど張り上げていないにもかかわらず、その声は広い玄関ホールに響き渡った。……さらにクレアの心の中にも鳴り響く。

「――……」

ここまで案内してきた火傷の子供が、灰色の外套の背中を丸めるようにして素早く立ち去っていく。

　しかしクレアはそれに気がつかなかった。否、あらゆるものが視界に入っていなかった。ただひとつ、階段を下りてくる相手を除いては。

　高いところからゆっくりと下りてくる彼は、均整の取れた長身に、濃紺のコートと光沢のある銀のウェストコートをまとっていた。柔らかく波打つ白金の髪は肩につくほど長く、後ろでひとつにまとめている。前髪も長めで、憂いを帯びた菫色の瞳に少しだけかかっていた。涼やかな目元は子供の頃のまま。

「まさか……」

　端正な立ち姿を目にしたクレアは、掠れた声でつぶやき、ゆるゆると首を振る。こんな奇跡は信じられない。そんなクレアに、彼は軽く眉を寄せて声をかけてきた。

「クレア、こんなところで会うなんて」

「うそ……っ」

　クレアの空色の目はいっぱいまで見開かれ、たちまち涙がふくれ上がる。八年間、積もりに積もった不安と心配が一気に安堵へと形を変え、胸を激しく揺さぶってくる。

「よかった……!!」

　両手で顔を覆い、クレアはその場にくずれ落ちた。

「よかった。よかった。ウィリアム……！」

悲鳴のような声を絞り出し、本格的に泣き出したクレアのもとへウィリアムがやってくる。しゃがみ込んで泣くクレアを、彼は高いところから見下ろしてきた。

クレアはぼろぼろと涙をこぼしながら、そんな彼を振り仰ぐ。

「ずっと……ずっと心配してた……っ、手紙、返事、全然来ないし……！」

しかし返ってきたのは、恐ろしく温度の低い答えだった。

「のんきなことだ」

彼はクレアの傍らに膝をつき、よく見れば氷のように冷たい菫色の瞳を向けてくる。

「再会できてうれしいなんて、僕が言うと思っていた？」

「――……」

言葉の刃に刺されたクレアは息を詰める。

誰よりも優しく、明るく、強い――自分の知る彼と、目の前の相手の姿を重ねようと、涙に腫れた目で懸命に見つめる。

しかし、暗く陰鬱な眼差しは、切実な期待を堅固にはねつけるばかり。

その後クレアは、長く消息を絶っていた幼なじみが、どうやら自分の知る彼とはちがうものであるという現実に、少しずつ気がついていくことになった。

玄関ホールに面した応接間は、三方の壁をタペストリーで飾った古風な内装だった。床には厚みのある絨毯が敷かれ、人の背丈よりも高い大理石の暖炉の前に、大小のソファが置かれている。

先に入ったウィリアムは無言でソファを指した。

クレアはわずかに戸惑った末、濡れた外套を脱いで暖炉前の小さな衝立にかけ、おずおずと一人掛けのソファに腰を下ろす。

三人掛けのほうに座った彼が、無感動にこちらを見据えてくる。わずかな緊張を覚えながら、クレアはずっと気になっていたことを切り出した。

「あれからどうしていたの？　なぜ手紙の返事を出せなかったの？」

「手紙？」

「こまめに書くって、出る時は約束してくれたでしょう？　でも一年で途絶えてしまって……どれだけ心配したか――あ、ごめんなさい。責めているわけじゃないのよ？　それどころじゃなかったんだろうっていうのは、もちろん想像がつくから……」

ただ彼の身に何があったのか、きちんと知っておきたいのだ。

知りたいことが多すぎて前のめりになるクレアとは対照的に、ウィリアムはごく淡々と応じる。

「十二歳で人質に出されて、一年後にアルバとマーシアの間に戦争が起きただろう？」

「ええ、兄が停戦協定を破ってしまって……」

きっかけは、当時十六歳だったクレアの次兄が、マーシアの挑発に乗ってしまったこと。国境の軍を束ねる立場にあった彼は、マーシア軍による度重なる侮蔑的な振る舞いに耐えきれず、勝手に戦端を開いてしまったのである。

父と長兄はすぐさま和平を申し入れようとしたものの、マーシア側が拒否。戦争は半年ほど続いた後、次兄の戦死を機に、アルバが以前の敗戦時よりもさらに過酷な条件を呑むことで終わった。

「ごめんなさい……。人質のあなたはつらい立場になってしまったわよね」

辛抱強い彼をもってしても耐えがたい扱いを受けたのだろう。あの戦争のさなか、ウィリアムは何度か助けを求める手紙を送ってきた。しかしアルバは応えることができなかった。

彼がそれを恨んでいてもおかしくはない。当時を思い出し、クレアは深々と頭を下げる。

「本当にごめんなさい……！」

「――――」

ウィリアムは脚を組み、うっとうしそうに息をついた。

「戦争をしている間、僕は王宮とは別の宮殿に送られていた」

「別の宮殿？」

「……君の知らない場所だ。情報のやり取りを禁止する意味で、手紙を受け取ることも、送ることもできなかった」

「そうだったの……」

「戦争が終わってからも数年はそこにいた。ここの人たちは、わざわざ手紙を転送してくれるほど親切ではないし、手紙は受け取ってない」

クレアは肩を落とした。

「そうなの……。知らなかったから、たくさん送ったのよ。だって……心配で心配でたまらなかったんだもの。あなたが今どうしているか、いつも考えていたわ。忘れたことは一度もなかった。わたしの代わりにつらい役目を負わせてしまって、本当に……本当に、申し訳なくて……っ」

話をしているうちに感情が昂り、またしてもポロリと涙が落ちてしまう。感情を抑制して責務に当たることには慣れているはずなのに、どうしたことだろう？　ウィリアムの前ではなぜかそれができない。彼の存在が心強く、子供の頃に戻ったような気分になってしまう……。

しきりに涙をぬぐうクレアの前で、彼は白けた目を向けてきた。

「そう言えば、同情を引けるとでも？」

「え？」

「僕のことなんか、今の今まで忘れていたんだろう？」

　こちらを見据える彼の暗い眼差しに、クレアは少しだけひやりとするのを感じた。しかし大きな誤解があるのを知って、自分を奮い立たせる。

「そんなことはないわ！　みんな心配していたし、父だって、何とか取り戻そうと力を尽くしていたのよ。……残念ながらうまくいかなかったけれど」

「そうだな。おかげで僕は、三年前からここの番人として働いている」

　弁解を一刀両断にする返答に、クレアは黙り込んだ。

　この城は、高貴な囚人——王に逆らった王侯貴族が処刑前に留め置かれる場所として、あまりにも有名だ。

　膝の上でこぶしを握りしめる。

「——……」

　女王の命令を拒むことができず、ずっと耐えてきたのだろう。おまけに——先ほどの騎士は、ウィリアムが女王の昔の恋人であるようなことを言っていた。

　クレアは改めて彼の秀麗な顔を見つめる。

　白皙の美貌は見違えるほど男らしくなっていた。乳白色のまつ毛と前髪にけぶる菫色の瞳は冷たく——けれど、どこかさみしげな翳を孕んでいる。品よく整ったくちびるも、滑らかな顎の輪郭も、控えめながら匂うような色気をまとい、見ているだけで胸が騒ぐ。

まるで夜の庭園にひっそりと咲く花のようだ。

子供の頃の、明るく溌剌としたまっすぐな印象はなりを潜め、静かで、孤高で、突き放すような鋭さを感じさせる。

それは、一時とはいえマティルダの寵愛を受けたせいなのだろうか。その時の経験から、冷たく硬く心を凍らせてしまったのだろうか。

想像するだけで胃がねじれるほど不快な気分がこみ上げてきた。もちろん女王に対してだ。権力をかさに着て、二十も年下の男を欲望の対象にするとは！

ウィリアムはきっとつらかったことだろう。それでも断れば命に関わるため、応じないわけにはいかなかった。心を殺して命令に従った。――そうに決まっている。

（なんてひどいことを……！）

改めてマティルダへの怒りを募らせる。クレアは彼のほうへ身を乗り出した。

「早く迎えに来られなかったこと、心から謝罪するわ。償いをさせて」

「償い？」

「もう二度とあなたを犠牲になんかしない。決して見捨てたりしない。約束するわ」

「それが償い？」

「そうよ」

強い口調でそう宣言し、クレアは周囲を見まわした。

「早速だけど、逃げる算段をつけないと。絶対に失敗するわけにはいかないから、入念に下調べをしなければね。ウィリアム、手伝ってくれる？」

と、彼はきょとんとした後、ぷっと噴き出す。

「逃げる？　逃げるって、君——」

おかしくてたまらないとばかり、くっくっと声を漏らして彼は笑いをかみ殺した。

「そんなことできないよ」

「え？」

「君は女王陛下から預かった大事な客人。この城で快適に暮らしてもらうために、できる限りのことはするけど、逃亡に関しては相談に乗れない」

「何を言ってるの？」

自明の理とばかりに首を振るウィリアムに、クレアは戸惑ってしまう。

「今すぐじゃなくてもいいわ。でも二人でここを出るのよ。そしてアルバに帰らなければ」

「君こそ何を言ってるんだ？　アルバは負けたんじゃないか。マーシアの圧倒的な武力によって、惨めに叩き潰された」

「何を言うの!?」

戦で犠牲になった者たちの顔を思い出し、クレアは立ち上がった。だがこんな国で八年間も過ごさなければならなかった彼の事情を思い出し、怒りを抑える。

「……負けたわけじゃないわ。これは時間稼ぎなの」

「逃亡なんて無理だ」

「聞いて！」

クレアは彼に近づき、肘掛けに置かれた手を握りしめて声を潜めた。

「実はガリシニアとバロワから援軍を送ってもらう算段がついていたの。それさえ間に合えば、今回だって勝てるはずだったのよ。こちらが予期したよりもずっと早くマーシアが攻め込んできてしまったせいで、計画がくるってしまったけれど」

一か月前、マーシアがアルバに攻め込んできたことから、両国は数年ぶりの戦争に突入した。

きっかけとなった侵攻について、アルバ側は事前に情報を得ていた。クレアの父は手痛い敗北を喫した過去の経験から、今回はマーシアと対立する大陸の国々と手を組んで対抗しようと考えた。

その呼びかけに答えたのがガリシニアとバロワである。どちらも大陸の覇を競う強国だ。両国としても、マーシアの戦力を少しでも削っておきたいという思惑があり、アルバと利害が一致した。

何も知らずに攻め入ってくるマーシア軍を、三カ国で迎え討つはずだったのである。しかし天候や様々な悪条件が重なり、大陸からの兵の到着が少し遅れた。さらにマーシアの侵攻が予想以上に早かったこともあり、結局作戦は決行されないまま終わってしまった。

「でもまだ完全に負けたわけじゃないわ。次につなげるために、わたしはあえて早々に投降したのよ」

アルバ軍だけでも、戦おうと思えばまだ戦うことはできた。しかしここで無駄に兵力を消耗するよりも、余力を残して投降し、反撃の態勢を整えた後に、再び同盟国と協力しての戦争に備えたほうがいいと考えたのだ。

クレアの案は使節を通じて両国にも伝わっており、幸いなことに、いつでも兵をこちらに送れるよう待機させてくれるという返事も来た。

「危ないことをする。投降したら、マティルダが君を処刑するとは考えなかったのか?」

「そうしたら、他のふさわしい者がわたしの遺志を継ぐわ。わたしが父や兄たちの遺志を継いだように」

その瞬間、ウィリアムは不快なことでも聞いたかのように、わずかに眉根を寄せた。

心配してくれたのだろうか。クレアは少し希望を感じ、彼のほうへ身を乗り出す。

「わたしとあなたがアルバに戻ったら反撃開始。そういう手はずになっているの。三方向から同時に攻撃されてはマーシアだってひとたまりもないはず。わたしたちが今やらなければならないのは、どんな手を使ってもここから逃げて、アルバに帰ることだけ」

「クレア……」

「逃亡の経路ももう決まっているのよ。このマーシアに住むアルバ人が協力してくれるわ。ほら、あなたも知ってる――」

「クレア！」

突然の強い口調に、クレアは息を呑んだ。ウィリアムが厳しい面持ちで続ける。

「これまでくり返し思い知らされながら、まだ理解していないのか？　起ち上がるのと同じ数だけ踏みにじられてきたんじゃないか」

「……不安に思う気持ちはわかるわ、ウィリアム。でも考えてみて。三つの国を合わせれば、兵力はマーシアの二倍なの。これまでとはちがう。実現すれば充分アルバにも勝機がある」

「楽観的なのは変わらないね。国の事情なんてころころ変わるものさ。今は味方でも、来週もそうとは限らない。そんな曖昧なものに命運を懸けるつもり？　危機感がなさすぎる」

「ウィリアム！」

今度はクレアが険しい目で彼を見据える。にらみ合いになったが、負けるつもりはなかった。

「……確かに女王であるわたしが国を留守にする状況が長く続けば、同盟はどうなるかわからない。だからこそ迅速に動く必要があるの。お願い。力を貸してちょうだい」

「――――……」

自分の手を包んでいたクレアの手を外すと、ウィリアムは逆に、クレアの両の手首を、それぞれの手でつかんできた。

「細いな……。力を入れたら折れてしまいそうだ」

力はさほど入ってない。痛みはなかった。しかし外そうとするも決して外れない。まるで手枷（てかせ）のようにクレアの手首を握りしめ、自由を奪ってくる。

「ウィリアム、やめて……っ」

「ねえ、クレア。勘違いしてるみたいだから言っておくけど、僕は君の幼なじみである前に、マティルダ陛下の忠実な臣下だ。君を逃がすわけにはいかない」

昏（くら）い菫色の瞳をひたりと据え、彼は不穏な口調でつぶやいた。

「見ての通り、ここは監視の厳しい陸の孤島だ。今まで数多の貴人が逃亡を試みてきたけど、誰一人として成功した者はいない。君は彼らとちがい、女王が簡単に処刑を命じることのできない立場にある。それを幸運と思い、あきらめて女王に恭順を示すんだ。そうすれば一生幽閉ですむ」

「無理よ！　わたしはアルバの女王で、ただ一人生き残った王族なの。お父様の横で何年も経緯を見てきて気づいたわ。マーシアはアルバの資源を絞り尽くして滅ぼそうとしている。指を咥えて見ているわけにはいかない」

「それでも大人しく従ってもらう。女王陛下は噂通り恐ろしい方だ。君が逃亡を考えているなどと知れば、どんな罰を与えてくるか。僕だって無関係ではいられない」

「あなたが言わなければ知られないわ」

手首をつかまれたまま、クレアは縋るように彼を見る。

しかし彼は取りつく島もない態度で首を振った。

「昔のよしみで、今ここで聞いたことについては忘れてあげる。でも今後は、君の言動は逐一女王に報告される。僕はそのためにここにいるんだ」

「…………」

足元がくずれていくような心地に見舞われながら、クレアは震える声でつぶやく。

「……うそでしょう……？」

「残念ながら、これが現実だ」

茫然とするクレアを、彼は何ものにも動じない、凍てついた眼差しで見下ろしてきた。

どういうことなのか。頭がひどく混乱する。クレアよりも、マティルダの味方をするというのか。アルバに勝ち目がないから？

（いいえ、そんなはずない――）

ちゃんと話せばわかってくれる。そう信じ、クレアは自分を落ち着けて再び口を開いた。

「もう一度言うわ。わたしはアルバの女王なの。マーシアの魔手から祖国を救うために、なるべく早く帰らなければならない。——協力してくれないのなら、自力で何とかする」

しかしウィリアムは深く息をつくばかりだった。

「やれやれ……」

物わかりの悪い相手に、うんざりするようなため息だ。そこへ、応接間の扉をノックして侍女が入ってくる。

「ウィリアム様、支度が調いました」

「わかった」

侍女に声をかけた後、彼はクレアの手首を放した。そしてソファから腰を上げ、改めて手を差し出してくる。

「さぁ、行こうか」

「……どこへ？」

「君は女王陛下から預かった客人だからね。城の中を案内するよ。一番見せたいのは礼拝堂だ。囚われの貴人たちが必死に祈りを捧げる場所だからかな。とても立派なんだよ」

「————……」

クレアは反発を感じた。この城に長居をするつもりはないのだから、立派な礼拝堂に祈りを捧げる機会など、自分には不要だ。

（神様の救いを待ったりはしない）

マーシアには、クレアへの協力を惜しまないというアルバ人たちが大勢暮らしている。この城から抜け出し、湖を渡ることさえできれば、そういった人々を頼って祖国へひそかに戻ることが可能だ。

あるいは今ごろアルバ本国で救出計画が練られているかもしれない。

（とはいえ、城の構造は知っておいたほうがいいかもしれないわね……）

ふとそう思いつき、クレアは彼の手を取った。

ウィリアムはゆっくりと城の中を歩きながら、目についたものについて短く説明をしてくれる。

そのほとんどが、この城が牢獄であることを忘れてしまいそうなほど見事な芸術品であったり、歴史を感じさせる逸話であったりした。彼の言う通り、普通に暮らす分には不足のない、居心地の良い城であるようだ。そんな気分も、鉄格子の嵌まった窓を見れば吹き飛んでしまうが。

しばらく歩いた末に、二人は礼拝堂に着いた。すぐ隣だが、城から独立した作りのため、わずかに外を歩かなければならない。

礼拝堂は、こぢんまりとしているものの、言葉の通り立派なものだった。壁の装飾や柱はすべて白大理石。天井には幾人もの聖人の絵がモザイクで描かれている。聖像や祭壇が雪のような白大理石で作られているのは、祭壇の背後にある高い窓の、見事なステンドグラスの光を映すためだろう。

燭台や書見台、十字架などはすべて金でできていた。とても美しく、この城に住む人だけのものとは思えないほど贅を凝らした空間である。

感心する半面、過去にどれだけの人が救いを求めてここで祈ったのかと考えると、気分が塞いでしまう。左右を見まわしながら身廊を進んでいくと、祭壇の前に司祭らしき人間が立っているのが目に入った。

「あれは？」

クレアの問いに、彼は簡潔に答える。

「式を挙げるために呼んだんだ」

「式？」

「結婚式だよ」

「……誰の？」

訊き返した時、すでにクレアは祭壇まであとほんの少しのところにいた。司祭が見守る中、ウィリアムはクレアの両腕に軽く手を添え、真正面から向かい合う。

「クレア。八年前に僕と結婚してくれるって言ったよね。あの約束はまだ有効？」

「も……もちろんよ。忘れたことはないわ」

大きくうなずくと、彼は無表情だった顔に、かすかな笑みを浮かべた。

「よかった。離ればなれになって、君が他の男のものになっているんじゃないかって、不安で不安でたまらなかった」

「そんなことないわ！　わたしはあなた以外の人と結婚するつもりなんてなかったもの」

「本当？　じゃあ――」

彼は八年前と同じようにクレアの前に優雅に跪き、恭しく片手を取ってきた。

「クレア、どうか僕と結婚してください」

「そのつもりだけど……でも急すぎるわ」

クレアは戸惑いを交えて、こちらを振り仰ぐ秀麗な美貌を見下ろす。微笑んでいるのは口元だけ。瞳は相変わらず昏く翳り、喜びの欠片も見出せない。

何かおかしい。心のどこかで警戒の声がした。

「アルバに戻って、色々と落ち着いてからにしましょう？　わたし、必ずあなたと結婚する。約束は変わらないから」

しかし彼は、確信のこもった声で返してくる。

「いいや。僕たちは今日、ここで結婚するんだ」

「……どういうこと？」

問いには答えず立ち上がり、ウィリアムは手を引いてまっすぐに祭壇の前に向かった。

クレアは足を止めてそんな彼を引き戻そうとする。

「ちゃんと説明して！」

「この結婚式には、先の戦争で捕虜にされたアルバ兵の命が懸かっている、と言ったらどうする？」

「……え？」

「彼らは今、処刑場に引き立てられていて、今日中に君と僕の署名の入った結婚証明書が届けられなければ、刑が執行されることになっている」

「な……っ」

ざっと音を立てて血の気が引いた。

「この結婚は……マティルダ女王の命令ってこと？」

「陛下は、君が大陸のどこかの王子と結婚して、後ろ盾を得ることを警戒されているんだ」

「そんなことはしない！」

悲痛な声が聖堂の中に響き渡った。

「……確かに、そういう話がなかったわけではないけど断ったわ。だって……」

クレアはあくまでウィリアムと結婚するつもりだったから。自分の身代わりとして敵国へ送った彼を裏切るような真似は決してできないから。

「いずれあなたと結婚するって決めていた。でもそれは今じゃない。まして、他の誰かの思惑で式を挙げるなんていやよ」

姿勢を正し、はっきりそう告げると、ウィリアムは「へぇ」とつぶやいて小首をかしげた。

「兵士の命はどうでもいい？」

「……人質がいるなんて嘘なんでしょう？　わたしに言うことを聞かせるために、思いつきで適当な話を作ったんでしょう？」

「そう言うと思った。——はい、証拠はこれしかないけど」

軽い口調で言い、彼は懐から出した書類を差し出してくる。

受け取って目を通したところ、二十名分の名簿だった。捕虜の一覧のようだ。出身や、誰の下で戦っていたのかが詳細に書かれている。少なくともこのリストは本物に見えた。

（でも……）

彼らが本当に、結婚式の人質に取られているかまではわからない。

そんな疑いを察したのか、ウィリアムは背をかがめてクレアの顔をのぞき込んでくる。

そしてひんやりとした笑みを浮かべた。

「ではこうしよう。君の希望通り、今日のところは式を見送る。そしてこの後、何が起きるのかを待つ。それでいい？」

「………何が起きるの？」

「陛下のお心次第さ。僕の予想だと――もし陛下のご機嫌が良ければ、明日君あてに兵士の首がいくつか届く。陛下がご機嫌斜めなら、明日ここにアルバの捕虜たちが送られてきて、君の目の前で処刑が行われる。まだ案内してなかったけど、この城の地下には拷問場と処刑場があるんだ」

「――……」

軽い説明に、クレアは一気に青ざめる。淡々とした声で、彼はダメ押しをしてきた。

「まっすぐ処刑場に送られればいいけどね。たいていは拷問場に寄り道をするものだから」

「け……」

想像を超える残酷な返答を受け、クレアは呆けたように立ち尽くした。

ごくりと、音を立てて唾を飲み込む。

「結婚……するわ……」

「そうか。わかってもらえてよかった」

ウィリアムは簡潔に応じ、肘を出してきた。

そこに軽く手を置き、クレアは彼と共に祭壇に向けてゆっくりと進んでいく。しかし頭の中は真っ白だった。思考が痺れてしまったかのように、何も考えることができない。足元がふらふらする。

（どうして……？）

彼はウィリアムのはずだ。しかし、クレアの知るウィリアムではなくなってしまった。完全に別人だ。

薄々感じていながら否定していた事実を、ようやく受け入れる。

人質として、残酷な女王に忠実に仕えるうち、魂までも奪われてしまったにちがいない。

（ウィリアム……）

横を歩く婚約者の顔をそっと盗み見る。

ずっと彼との結婚を夢見ていた。周囲の祝福を受けながら、幸せな気分で祭壇の前に跪き、確かな愛を胸に、誓いの言葉を口にするだろうと考えていた。

しかし今、広い礼拝堂には自分たちと司祭以外に人影がなく、ひどく寒々しい。

脅迫の末の結婚は恐怖と屈辱以外の何ものでもない。

「死が二人をわかつまで、彼を愛し、貞節を守ることを誓いますか」

司祭の問いに、ウィリアムは短く「誓います」と答える。

しかしクレアは硬直したまま、喉が干上がってしまい言葉が出てこない。いつまでも答えずにいると、ウィリアムはクレアの後頭部をつかみ、強くうなずかせた。

司祭は気がつかないふりで式を進行させ、やがて高らかに宣言する。

「神の名のもとに、二人が夫婦となったことをここに宣言します」

教会の祭壇で、聖職者の立ち会いのもと、神の前に誓った言葉は永遠のものとなる。

あっという間にすべてが終わった後にも、クレアはまだ少しだけ、ウィリアムの口車に乗せられたのではないかという疑念を胸に抱いていた。

そんな内心が伝わったかのように、礼拝堂を出て城に戻った彼は、クレアの前で、使用人に二人の署名の入った結婚証明書を渡す。

「なるべく早く、これを市庁舎前広場にいるベネット隊長に渡してくれ。大事な書類だから、必ずおまえの手で届けるんだ」

大事な証明書を他人に渡すなど、普通はありえない。おそらくマティルダの指示だろう。何かあった時のため、クレアが既婚者である証拠を手にしておきたいのだ。

（……口車ではなかったのね……）

苦い現実を前に、うつむいてくちびるを噛みしめる。

見つめる先で、ウィリアムはクレアの非難など意に介さない様子で一人先に歩き、城へと戻っていった。

クレアのために用意された部屋は、白を基調とした瀟洒（しょうしゃ）な雰囲気だった。

漆喰の壁には花や蔦の模様が浮き彫りにされ、高い天井には金の大きなシャンデリアが輝いている。豪奢な暖炉は白大理石、優美なテーブルや椅子、チェストも白と金で統一され、椅子の座面や絨毯のみ、赤い織物が使われていた。広い壁には巨匠の大きな絵画がいくつも配され、時計などの置物はすべて金でできている。

高貴な客人のための部屋であると、ひと目でわかった。

しかし窓には無情な鉄格子が嵌められている。それさえなければ快適に過ごすことのできそうな部屋だ。

ウィリアムは、あらかじめそこにいた侍女を紹介した。

「彼女が君の世話をするメアリーだ」

栗色の髪の毛をおさげにした、同じくらいの年齢の少女である。そばかすの散る顔は表情に乏しく、大人しそうだ。

「いちおう言っておくけど、メアリーは事情があって、この城から出ると死刑になってしまう。彼女が安心して暮らせるのはここだけなんだ。おまけに家族が王宮で働いている」

簡潔なウィリアムの説明に、少女はきゅっとくちびるを噛みしめる。それを厳しい目線で示しながら、彼は釘を刺してきた。

「君の味方に引き込もうとすれば、彼女を困らせることになるだけだよ」

「そんなことしないわ」

「彼女には、君と話したことをすべて僕に報告するよう言ってあるから、そのつもりで」

臆面もなく言い放つウィリアムの横で、メアリーが聞き取れるかどうかのギリギリのか細い声でつぶやく。

「よろしくお願いします……」

「それでは、僕は一度失礼する」

伝えるべきことだけを伝えた末、彼は部屋から去って行ってしまった。

残されたクレアとメアリーは気まずい雰囲気で向かい合う。

「あの……浴室にお湯の用意をしてありますので、よければお入りください。今ならちょうどいいはずです……」

うつむきがちでのボソボソとした話し方に、はじめは緊張しているのかと思ったが、すぐに他の可能性に思い当たった。もしかしたら、世話をする相手とあまり親しくなりたくないのかもしれない。この城の客人は、ある日突然いなくなることもあるのだろうし。

自分で考えたことにぞっとしてしまう。

(……いいえ。ひるんだら負けよ。こんなところであきらめてたまるものですか——)

心を奮い立たせ、クレアは努めて平気な顔で応じた。

「ありがとう。ずっと馬車に揺られていた上に、寒くてまいっていたの。うれしいわ」

クレアは早速、手伝ってもらってドレスを脱ぎ、薄物一枚の姿で浴室に向かった。

足を踏み入れたとたん、ほのかなバラの香りに包まれる。タイル張りの浴室には猫足の浴槽が置かれ、さらには迅速にお湯を用意するための小さな暖炉まであった。

浴槽にはお湯がたっぷり張られている。何日も旅を続けて疲れている身には、正直なところ非常にありがたい。

薄物を脱いで浴槽に入り、湯に浸かってホッとしていると、メアリーが石鹸などをのせたトレーを手にやってきて、浴槽の脇に膝をついた。

「失礼します」

そしてクレアの長い髪を、丁寧にくしけずり、石鹸で洗ってくれる。香油を使った石鹸なのだろう。バラのいい香りに包まれ、クレアはうっとりと深呼吸した。浴室に満ちていたのはこれだったのだ。

「……ウィリアムは、いつもあんなふうにマティルダ女王に忠実なの？」

ややあってクレアが口を開くと、メアリーは髪を洗いながら小さな声で答える。

「はい。最も忠実な臣下の一人と言われてます。旦那様は外国人で……後ろ盾もありませんし、そうするしかなかったんじゃないかと……」

説明には、彼をかばうような響きがあった。

「その結果、女王陛下は旦那様に全幅の信頼を置かれるようになりました。この城は特殊な役目がある性質上、そういう人でなければ、番人を任されることはありません」

「そんなに……」

「はい。陛下は旦那様をことのほかお気に入りで、大人になってもなかなか手放そうとしなかったとか」

「大人になっても？」

言葉尻が気になって、ふと問うと、彼女は「あ……」としばし口ごもる。

「その……マーシアではよく知られた話なのですが……、女王陛下は大人の男がお嫌いなのです。十四、五歳の見目のいい少年がお好みで、大人になると対象から外されてしまうそうです」

「――……」

新たな衝撃に、クレアは言葉を失った。人質になった時、ウィリアムは十二歳。

(最悪のタイミングじゃない……)

一体彼はこの国でどんな目に遭ったのか。正義感が強く、誇り高かったまっすぐな少年が、なぜあれほどまでに女王を恐れるようになったのか――考えると涙がにじむ。

それは、本来なら自分が引き受けなければならなかった運命だ。肩代わりさせてしまった罪の意識に、ますます苛まれる。目の端ににじんだ涙を指でぬぐい、改めて固く誓う。

(絶対――絶対に、ウィリアムと二人でここを出るわ……)

その時ふと、身体の向きを変えたメアリーと目が合った。

「あなたはウィリアムに忠実なのね」

先ほどの説明からは、彼の印象をなるべく良くしようとしていることが伝わってきた。そもそも囚人の見張りにつけるくらいだ。彼もメアリーを信用しているのだろう。

指摘に、彼女はほろ苦い笑みを浮かべた。

「旦那様は、恩人ですので……」

「恩人？」

「あたしは以前、王宮で下働きをしておりました。ですがある日、陛下の愛犬が死んでしまって——」

明らかな事故だったが、女王は誰かに殺されたのだと言い張り、犯人探しが始まった。白羽の矢が立ったのが、新入りで最も立場の弱いメアリーの弟だった。

「あの子はあたしにとって、ただ一人の家族。それにあの子は庭師に弟子入りして、これからって時だったんです……」

「もしかして、代わりにあなたが名乗り出たの……？」

メアリーはうなずく。結果、その日のうちに死刑だと言われた。しかし執行される前、ウィリアムがこの城で女性の召使いがほしいと言って、身柄を引き取ってくれた。

「陛下は、あたしがこの城で働いている限りは見逃すと仰いました。ですから旦那様は、あたしの命の恩人なんです……」

「そう……」

（わたしのことは人質を取って脅迫してきたけれど……）

親しみのこもったメアリーの説明に、釈然としない思いがこみ上げる。

石鹸のついた髪の毛をゆっくりとくしけずりながら、彼女はさらに続けた。

「レオンも、そうなのではないかと思います……」

「レオン？　……あぁ、あの、顔に火傷の痕がある子供？」

この島に着いたクレアを、城に案内してくれた子だ。

「はい。あの子も、ある日突然、旦那様が連れてきて……。たぶん、どこかで助けられたのではないかと思います」

「――……」

耳にした二つの話に、クレアは少しだけホッとした。その中で語られるウィリアムは、自分の知っている彼と同じである。どうやら完全に変わってしまったわけではないようだ。

ただクレアの身柄に関しては、女王の強い意向もあって、彼の思うようにはできないのかもしれない。

（とにかくどうにかして、ここから出ないと。……どうすればいいのかしら……）

メアリーの声は、ぽつぽつとした控えめなもので眠気を誘う。また髪を洗う手つきは丁寧で気持ちがいい。

さし湯をしてもらい、再びお湯が熱くなると、クレアは旅の疲れもあり、すっかりくつろいでしまった。我知らず目蓋が重たくなってくる……。

『陛下、ガリシニアとバロワから連絡が来ました。嵐が続いて船が出せず、援軍の派遣はまだ時間がかかるとの由』

『そう……』

落胆の重い空気が議場を支配した。

今回の作戦は、両国の援軍があることを前提として立ててきた。それがなくては今までと何も変わらない。アルバ軍はマーシアの兵力と、悪辣な戦術に蹴散らされるばかりになるはず。

『では、両軍が到着するまでは決して敵と衝突しないよう、前線の兵士たちに命じてください』

クレアの言葉に、アルバ軍の将がうめく。

『この期に及んで戦いを避けよと……!?』

『先の戦闘では、多数の兵ばかりか、陛下のお命まで奪われたというのに……！』

武人である彼らが、敵を前にして耐えるだけの状況をよしとしない気持ちはわかる。しかしこれまで幾度となく誇りのために戦い、無残に敗れてきたことを考えると、指示の撤回はできなかった。

日々鍛えられたアルバ軍は頑健で、個々の兵士の能力も高く、勇壮無比の誉れが高い。それに対しマーシア軍は、兵の数は多いものの、農民や町の市民を雇っての急ごしらえの部隊も多く、全体の質はあまり高くない。――だが。

マーシア軍はその残虐性で群を抜いていた。

クレアの父が戦死した際の戦闘では、彼らは捕虜にしたアルバ軍の兵士たちを木の杭で串刺しにして処刑し、夜のうちに戦場に打ち立てて並べたという。翌日、開戦前に変わり果てた仲間の姿を目にしたアルバ軍は、冷静でいられなかった。そしてその隙を突かれた。

クレアは軍議に集う将たちを見まわした。

『わたしたちは確実に勝たなければなりません。負ければ、わたしたちの背後にいるアルバの民の命運が、マティルダの手に握られてしまうのですから』

マティルダは、何とか戦争を避けようと交渉に向かったアルバの使者の言葉に耳を貸さず、『アルバ人は元々山岳で部族ごとの暮らしを営んでいた民。国など必要なかろう。今からでもその時代へ戻してやろう』と言い放ったという。

負ければマーシアの一地方となり、今以上に重い税や賦役に苦しみ続ける未来しか残っていない。そこにアルバの民の平和と幸せはない。女王として、それを見過ごすわけにはいかない。

（たとえ他国の力に頼ってでも、必ず――必ず勝たなければならない）

勝って、これまで定められた数々の不平等条約の撤回をマティルダに認めさせて、そして――。

最も大切な事柄をひそかに胸の内で抱きしめる。

（ウィリアムを探さなければ……）


頭をなでる優しい手の感触に思わず口元がほころんだ。

（お母様？　それともお父様……？）

とろんとした意識でそう考える。そしてすぐに我に返った。そんなはずがない。二人ともとっくに亡くなったのだから。

（じゃあ誰なの……？）

目を開けようとするも目蓋が重い。暖炉でよく乾かし、ラベンダーで香りづけをした枕とシーツの感触が心地よい。

もう少し眠っていたい。現実を忘れて、心地よく幸せな夢を見ていたい。でもだめだ。いいかげん起きなければ。

ぼんやりとしながらもそう考え、クレアは意志の力で目を開いた。

「起きた？」

呆れたように見下ろしてくるのはウィリアムである。頭をなでられているように感じたが、夢だったにちがいない。

クレアはいつの間にか寝台に寝かされていた。その脇に彼が腰かけている。周りが薄暗いのは、すでに遅い時間であるためだろう。燭台には控えめに蝋燭が灯されていた。

ふと鼻腔を酒の匂いがかすめる。見れば、寝台の脇にある小卓に、銀の水差しと杯が置かれていた。クレアが目を覚ますのを待ちながら、ウィリアムが飲んでいたのかもしれない。

「わたし、……寝ちゃってた……？」

「けっこう肝が太いね。いくら疲れていたとはいえ、この城に来た早々爆睡した人は君が初めてだと思うよ」

「えぇ、あの……っ」

メアリーが着せてくれたのか、気がつけば薄い夜着一枚の姿である。頭からかぶるだけのそれは、服としてはあまりに心もとない。

「着替えるから、待ってて……」

身を起こしてそう言いかけた身体は、背後からまわってきた腕に引き戻された。

「必要ない」

短く言い、ウィリアムは横たわらせたクレアの上に覆いかぶさってくる。

「ウィリアム!?　何を……っ」

突然の出来事にクレアは目を白黒させた。しかし彼はそっけなく返してくる。

「僕らは新婚で、今は夜。ここは寝室だ。することはひとつだと思うけど？」

「望んだ結婚ではないわ」

「君は僕と結婚するつもりだったんだろう？」

「……わからない」

クレアは哀しみを込めてつぶやいた。

今日の結婚式を経験した後で、もう一度過去に戻ることができたとして、果たして幼いウィリアムとの誓いを守り、彼と結婚すると思い続けただろうか？　自信がない。

クレアが結婚を望んだ相手は、こんなに冷たい目をしていない。人質を取って卑劣な脅迫をしたりしないし、異国の女王を恐れて言いなりにもならない。

「結婚したかったあなたと、今のあなたはちがいすぎるもの……」

当惑のこもった言葉に、ウィリアムは「ハハッ」と軽く笑った。そして、しばしの沈黙の後、白皙の顔に穏やかならざる笑みを浮かべる。

「……ほら、やっぱりさっさと結婚しておいてよかった」

小さなつぶやきが聞こえたと思った瞬間、くちびるを何かがかすめた。

思わず瞬きをする。キスをしたのだ。羽根のように軽いキス。驚いて見上げると、情炎の怒りを孕んだ菫色の瞳が刺すように見下ろしてくる。

「ウィ――」

名前を呼ぼうとしたクレアのくちびるが、再び塞がれた。今度は先ほどよりも時間が長い。

「………っ」

温かく、柔らかい。彼とキスをしている――そう考えるだけで頭に血が上った。思わず「なぜ?」と考えてしまい、夫婦になったためだと結論づける。そんな当たり前のこともわからないくらい混乱している。

まるで頭の中に心臓があるかのように、こめかみがドクドクと脈打った。

呼吸を求めて開いたくちびるを、彼の舌がちらりとなぞる。とたん、背筋が甘いさざめきに震える。

「ん……」

思わず揺れた吐息を飲み込むように、彼は身を乗り出し、さらに深くくちびるを重ねてきた。のみならず、夜着の上から胸にふれてくる。無遠慮な真似に、びくっと上体が震えてしまう。

「んん……っ」

身にまとう夜着は、肌触りのいい薄い白絹だった。それゆえにクレアの身体の形を余すところなく伝えてしまう。細身のわりにしっかりと膨らんだ胸も、くびれた腰も、さわればはっきりとわかってしまうはず。

彼は、好きにさわる権利があるとでもいうように、指を動かして柔らかい感触を味わっていた。ふいに形が変わるほどにつかまれ、ひゅっと息を詰める。

「や……っ」

クレアは身をよじり、のしかかってくる身体を、力を込めて押しのけた。

「さわらないで、恥知らず！」

脅迫して結婚に持ち込んだだけでは飽き足らず、なしくずし的にいやらしいことを強行するだなんて。

胸の前で腕を交差させて言うと、彼は虚を衝かれたように目をしばたたいた後、歪んだ笑みを浮かべる。

「そんな初々しい嫌がり方をされても。ますますその気になるだけだ」

「わたしは本気よ。こんなふうにあなたと結ばれるつもりなんか、本当にないから……っ」

「あまり手をかけさせないでくれ」

言葉を封じるように、またしてもくちびるが重ねられてくる。しかし今度はそれだけではなかった。息継ぎを求めて緩んだあわいに、ぬるりとしたものが侵入してくる。

あまりにも予想外な出来事にクレアは目を瞠った。

(何をするの……!?)

首を振って、衝撃的な感触から逃げようとする。

しかし舌は逃げるクレアを追いかけてきた。上顎を舐めまわし、ぬるぬると絡みつき、舌の裏を舐めてくる。あまりにも卑猥な感触に耐えられない。追いまわされるうち、下腹の奥から腰にかけてがひどく甘く疼いた。たまらず左右に身をよじる。

「ん、んー……っ」

経験のないクレアは卑猥な仕打ちに太刀打ちできなかった。恥ずかしさと、身体の芯まで蕩けるような心地よさに、次第に力が失われてしまう。

その頃になってようやく、しばし解放された。しかしホッとする間もなく、再びくちびるを塞がれてしまう。今度は何かが口に注ぎ込まれてきた。

あ、と思った時には、相手の舌にくすぐられて呑み込んでしまう。喉が焼けるように熱くなった。酒だ。それも蒸留酒のように強い酒である。

「な、何を……っ」

もがいて抵抗するクレアを押さえつけ、彼はさらに三回ほどそれをくり返した。

「暴れれば暴れるほど、速くまわる」

「何が……？」

「女王陛下は性交の際、感度を高めるための特別な香薬を使っておられる。酒に混ぜて飲めば、酩酊と相まって格段に快感を得やすくなる媚薬だ。それを今、君にも飲ませた」

「………」

「どうせ時間はたっぷりある。じっくり愉しませてもらうよ」

「楽しくなんかないわ……」

意味がわからないという気持ちを込めて見つめ返すと、ウィリアムは少しうれしそうな、そして少し同情するような、何とも嗜虐的な目を向けてきた。

実際、クレアは彼の言うことを理解しきれていない。

これまでずっと、勉強と政に人生を捧げてきた。初恋の相手であるウィリアムと結婚すると決めており、他の異性に心を奪われることもなかった。色事とは、まったくと言っていいほど縁がない。さらには嫁ぐ話もなかったため、花嫁になる準備もしていない。

つまり今、この状況に求められる知識が皆無だった。その分野に関しては、おそらく普通の少女よりもはるかに無知だという自覚もある。

懲りずにキスをしようとしたウィリアムを、腕を突っ張って拒む。

「やめて……っ。仕方なく結婚はしたけれど、あなたと夫婦のようなことをするつもりはないわ。少なくとも今は」

「なるほど、これが処女の反応ってやつか。でも予言すると、君は今夜のうちに、夫婦のするいやらしいことが大好きになるよ、クレア」

「――――……っっ」

あまりにも無礼な決めつけに顔が真っ赤になった。とっさに言葉が出てこないほどの怒りに震える。何という侮辱！

クレアはつかんだ枕を相手に投げつける。

「そんなことあるはずないじゃない！　この恥知らず！　近づかないで！」

ウィリアムは面倒くさそうに受け止め、二個目の枕をつかんだクレアの手を取って、寝台に押さえつけてきた。そして深い深いキスをしてくる。

傍若無人な舌が口蓋（こうがい）や歯列を舐めまわし、たまらなく淫靡（いんび）な気持ちを掻き立ててくる。逃げまわるクレアの舌を捕らえて絡みつき、誘うように舐り、柔らかく吸い上げてくる。

「ふ……ん、んぅっ……ん、ぅぅ……っ」

押さえつけられた後も、なお暴れていたクレアの身体から次第に力が抜けていく。すると甘い責め苦にはますます熱がこもっていった。

永遠にも感じる長い時間、眩暈がするほど熱くて情熱的なキスが延々と続く。腰の奥から湧き上がる淫蕩（いんとう）な心地よさに溺（おぼ）れそうになりながら、無我夢中で抗う。

しかし、そうするうちに自分の鼓動がやけに速まっていることに気づいた。おまけに気がつけば全身が熱い。まるで酒に酔ったような心地だが、それだけではない。彼の舌がひらめくたび、何やら身体の内側からモヤモヤした、どうにも収まりのつかない、未知の衝動が湧き起こってくる。

先ほどまでとはちがう深い愉悦に、鼻にかかったような声が漏れ、身体が大きく波打った。

「んっ、んんっ、んー……っ」

反応を引き出すように、ウィリアムはクレアがじっとしていられなくなる場所ばかりをねっとりと舐めてくる。淫らな熱は次第に身の内で膨らんでいき、耐えがたいほどになった。

一体どうしたことだろう。身体がじっとしていられないほどに熱い。

(もしかしてさっきの……毒……!?)

困惑するこちらを見透かすように、ウィリアムが再び夜着の上から胸をさわってきた。いやらしいことをされているというのに、柔肉をやんわりとまさぐられる感触に、震えるほどの歓びを感じてしまう。

(どうして……？)

制止しなければと思うのに手が動かない。力が入らないのもある。しかしそれだけではない。彼の手の動きを、気持ちいいと感じてしまうのだ。もっとさわってほしいと。

(そんな……!?)

クレアは混乱した。不埒な真似を毅然と拒めないなど、あってはならないことだ。

(わたしはどうしてしまったの……?)

「ん、ふぅ……」

理性の声に反して、クレアはキスをされたまま、喉の奥で甘く蕩けた声を出す。

ぎゅっと、指が食い込むほどに膨らみをつかまれ、にじみ出した心地よさに思わず大きく身悶える。頭が沸騰しそうに熱くてぼんやりする。とろんとした視線の先で、柔らかいはずの膨らみの先端が硬くなっていった。と、すかさず指先がそこを転がしてくる。

「……ぁっ……」

ジンジンと痺れ、背筋が震えた。悩ましい刺激を追いかけるように、クレアは我知らず胸を突き出してしまう。

そんな時、悪魔の声が響いた。

「直接さわってあげようか?」

涙にうるんだ目で見上げれば、菫色の瞳が冷ややかに見下ろしてきている。

(直接……?)

彼の手がじかに胸にふれるということか。

クレアは必死に頭を振った。そんなことは絶対にだめだ。しかしこぼれたのは、儚く甘い声でしかなかった。

「……だめ……」

「どうして？　布越しよりも、そのほうが気持ちいいよ」

意地の悪い悪魔は、淫欲に掠れた声を耳朶に注ぎ込んでくる。

「ね？　ここ、直接いじられたいだろう？」

先端をきゅっと強くつままれ、クレアは「はン……っ」と上体を震わせた。あぁ、もう一度。もう一度そうされたい。淫らな欲求だと思いながらも、どうしても退けることができない。

耳に、首に、鎖骨に、小さなキスを落とされながら、胸を揉みしだかれ、先端の尖りにいたずらをされるのは、それほど甘美な心地だった。

「……ぁぅ……っ」

うっとりとしていたクレアは、何度目かの問いの後、ついに首を縦に振ってしまう。と、ウィリアムはクレアが身に着けていた夜着を、するするとすべて脱がしていった。あっという間に生まれたままの姿にされてしまう。

正気の時であれば卒倒しそうになっていたはずだ。しかし今は、夜の冷たい空気にホッとしただけだった。身体が熱くて熱くてたまらないのだ。

「さぁ、クレア。よく見て。君が無垢でいる最後の姿を……」

そんな声に目蓋を持ち上げたクレアは、衝撃的な光景に、少しだけ我に返る。

敷布の上に膝をついたウィリアムは、クレアの臀部を自分の膝に乗せていた。横たわったクレアの目には、裸の自分の姿が――ピンと尖った胸の先端や、普段は積極的に見ることのない下肢の叢までもが入ってくる。何より驚いたのは、ウィリアムもまた、それをじっくり見下ろしているということだ。

「いや……っ」

激しい羞恥に見舞われ、顔を両手で覆う。しかし彼はそれをつかんで開かせた。

「ちゃんと見るんだ。ほら――」

そう言うと、白くて大きな手が胸の膨らみを包み込み、押しまわしてくる。白い柔肉が彼の手に合わせて形を変え、先端の赤い粒をつまみ出してくる。硬くなったそこは、ひどく感じやすいと先ほど思い知った。真っ赤に充血した乳首からクレアは目を逸らした。

ウィリアムは嬲るように告げてくる。

「貞淑な女性なら、こんなふうにはならない。たとえ薬を使われたとしても、己を見失わずに毅然と振る舞うだろう。……そう。君が本当に女王と呼ぶにふさわしい、理性のほうが勝る特別な人ならね」

「そんなこと……っ」

　クレアは首を振った。それではまるでクレアの理性が、卑猥な欲求に負けているかのようではないか。

　しかしウィリアムはさらに追い詰めてきた。

「君は特別な存在でも何でもなくて、ありふれた女だってこと」

　高みから見下ろしつつ、無防備なわき腹をなまめかしく撫で上げてくる。たったそれだけで、火照った肌は甘い愉悦にゾクゾクわなないた。

「……ぁ、……っ」

　クレアはくすぐったさから逃れるように身をよじる。よじりながら頭を振る。

　しかし彼は、無駄な抵抗をせせら笑った。

「君は普通だよ。許せない男が相手でも、いやらしいことをされれば感じてしまう、快楽に弱い普通の女なんだ」

「ちがう……」

「口ではいやらしいことなんてしないと言っておきながら、いざ始まったら、一人で気持ちよくなっているじゃないか」

「ちがっ……、気持ちよくなんか、なって、ない……っ」

「それがホントかどうか、ここをさわればはっきりする」

　うそぶくウィリアムの手が、するりと下肢の叢にふれてくる。そのとたん。

「あ……っ」

キスよりも、胸への愛撫よりも、さらに淫靡で甘美な刺激に、クレアは空色の瞳を大きく瞠った。

彼の指が、脚の付け根をそっとなでてくる。クレア自身にもどうなっているのかよくわからない場所を、心得たように優しく、繊細になぞってくる。

「ぁっ、……ん、……んっ……」

繊細で、危うい感じのする場所への刺激に、腰が悩ましく揺れてしまった。

おまけに指が動くごとに、くちゅり、と音がする。

「あーあ。こんなに濡らして……」

ウィリアムは、自分の指をすいっと持ち上げた。と、透明な蜜が、指と秘処との間に糸を引く。それが何かはわからなかったものの、ひどくはしたない光景であることはわかった。

クレアはぎゅっと目をつぶる。

「いや、やめて……っ」

「マーシア王の臣下にここをいじられてよがっている君が、アルバの王を名乗るだなんて。笑ってしまうね」

「い、言わないで……」

嬲る言葉に打ちのめされてしまう。反論のしようがない。快楽に負けるつもりなんてさらさらなかったというのに、実際には彼の指に翻弄されて、意に反して身体が淫猥に反応してしまっている。

「泣き顔もそそるな。手っ取り早くすませようと思ったのに、もっといじめたくなるじゃないか」

そんな言葉と共に、前方に移動した指が、ある場所をすぅっとなでる。その瞬間、それまでとは比べ物にならない衝撃に、彼の膝にのせられていた腰が跳ねた。

「やぁぁ……っ」

信じられないような強い快感が、頭まで走り抜ける。

訳のわからないクレアとは対照的に、ウィリアムは落ち着いた様子で、蜜をすくい取ってそこにまぶすと、さらに指でくるくるといじりまわしてくる。どうやらそこには、何か特別なものがあるようだ。小さな円を描くようにその場所を転がされると、恥ずかしいほどビクビクと下肢が跳ねてしまう。

「い、やぁっ、ぁ……あっ、ぁぁ……っ」

薬で淫猥に昂ぶっていた身体には酷な仕打ちだった。彼が指を動かすごとに、下肢の奥がきゅんきゅんと甘く疼き、熱い衝動に耐えられなくなっていく。クレアの大腿が、力を込めて彼の腰をはさみつける。

「や、……やめっ……ぁぁ、……ぁっ……！」

ほどなくクレアは眩暈がするような快楽に呑み込まれていった。敷布に投げ出されていたつま先が宙に浮き、キュッと丸くなる。

全身をこわばらせて頤(おとがい)を高く突き上げ、真っ白な光に身を投じる。

「あぁぁ……！」

光が過ぎ去った後、茫然としているクレアに、彼は何でもないことのように声をかけてきた。

「歓んでもらえたかな」

「はぁ……っ、はぁっ……」

しかしクレアのほうはそれどころではない。

恥ずかしくて、いやらしくて、我慢できないようなことをされたというのに――今、自分の身に何かとんでもないことが起きた。

「これ……何……？」

涙に濡れた目で訊ねると、ウィリアムは事務的に返してくる。

「今のは、君が自分で思っているよりもいやらしい子だっていう証拠だよ」

「嘘よ、そんなの……っ」

強く否定すると、彼はくすりと笑った。

「じゃあ何だっていうんだい？　君のここはとっくにとろとろだっていうのに……」

「……っ、それは——」

「認めなよ。君は、こうして気持ちよくなることが大好きな、普通の女の子。女王なんて大役には向いてないんだって」

「ちがうわ、わたしは……っ」

「ちがわない。君は、夫に毎晩いけないことをされて、お尻を振っているほうがはるかにお似合いだ」

「ウィリアム！　……ぁ、ぁあっ、やめ……っ」

淫芯を指で優しくくるくる弄ばれ、またしても途方もない快感に包まれながらも、クレアは首を振った。自分に訪れようとしている、高みへと押し上げようとする波を必死に堪え、ぶるぶると震えながらも頭を振る。しかし勝手に動いてしまう腰を止めることはできなかった。

「あっ、…ぁ、ぁっ、…はぁ…っ」

「ほらね。やっぱり君は、マティルダと張り合うような器じゃない」

（そんなことないわ。わたしには、アルバを守る使命が——）

そう思った瞬間、またしても衝撃的なことが起きる。ぬぷりと、何かが自分の中に入り込んでくる感覚があったのだ。

「え……？」

見れば、ウィリアムがクレアの下肢に指を挿れている。

「やぁぁ……っ」

クレアはパニックになった。当然だ。今の今まで、そこに指を入れることができるような部分があることすら知らなかったのだ。

「なっ、何をしているの……!?」

「君の中の具合を確かめている」

「な……中……？」

クレアは茫然とつぶやいた。そして自分の中で動く異物の感覚に硬直してしまう。

ゆっくりと中に入ってきた指は、様子をうかがうように、媚肉をゆるりとかきまわした。

はじめは圧迫感があったものの、しばらくたつと馴染んでくる。

すると彼はもっと大胆に指を動かし始めた。入口のこわばりをほぐすように、くちゅくちゅとかきまわしてきたかと思うと、ぬちゅりと奥まで押し入ってくる。手のひらを押しつけるほど深くまで埋め込んだ指で、身体の内側からくすぐられると、内奥が小刻みに愉悦を発した。

「ぁ、ぁ、ぁン……っ」

ちゃぷちゃぷと揺さぶってくる動きに合わせ、我知らず腰が揺れてしまう。

「ぁ、……ど、して……っ」

困惑しきりのクレアに、ウィリアムがダメ押しをするようにキスをしてきた。

「ほら、わかる？　僕の指、根元まで君に食べられてる」

「いやぁ……っ」

指のもたらす快感を必死に堪えようと引き結んだくちびるにくり返し口づけ、声が漏れた隙にぬるりと舌を埋め込んでくる。ねっとりと舌の絡む淫らな感触に、中が指をキュッと締めつけるのがわかった。それがまた恥ずかしく、淫蕩な気分を深めてくる。

悩ましい快楽に腹側の壁をくりゅくりゅとくすぐられると、クレアはキスをしたまま大げさなほど身悶えた。

「ひぅ、……ぅん……っ」

途方もなく甘い熱に、下腹全体が蕩けてしまいそうだ。感覚がますます研ぎ澄まされていく。舌を絡め合う陶酔と、指がもたらす果てしない愉悦に腰がうねる。

甘く、しかし容赦なく与えられる責め苦に、じっくりと淫熱に焙(あぶ)られた身体がこわばっていった。どこまでも膨らんでいく淫悦に首を振りたて、口の端から唾液をこぼして声を張り上げる。

「あぁっ、ぁぁ……！」

ほどなく、深い陶酔がクレアの全身を走り抜ける。頭が真っ白になり、きつく反らせた上体をひくつかせて硬直した。

自分の中が指をきゅうきゅう締めつけるのを感じる。それが恥ずかしいことともわかる。しかしその恥ずかしさが――他でもないウィリアムに、そんなことをされているという羞恥が、快感をさらに深めているのも事実だった。

はしたない。でも気持ちがいい。卑猥な熱に侵された身体は、そのことにさしたる抵抗も感じない。

「ウィリアム……、わたしは……わたしは……っ」

陶酔が去った後、クレアは涙を溜めた瞳をさまよわせて困惑した。いやらしい出来事を、二度も経験してしまった。これをどう受け止めればよいのだろう？

（ようするに……わたしは夫婦ですることを経験してしまった、のね……？）

絶対許しはしないと、あれほど固く誓っていたというのに。こんなにもたやすく純潔を散らされてしまっただなんて。

ぼんやりするクレアの額にキスをして、ウィリアムは勝ち誇った笑みでささやいてくる。

「これで君は、名実ともに僕の妻になった」

（あぁ、やっぱり……！）

クレアはぎゅっと目を閉じた。これでもう、夫婦関係がないことを理由に婚姻無効を主張することもできなくなる。

「自分の分をわきまえて、今後はマティルダに逆らおうなんて考えないことだ」

威圧的な言葉に望みを絶たれ、目の前が真っ暗になってしまう。

そんなクレアに、今度は睡魔が襲いかかってきた。眠りに引き込まれながら、意識の片隅でウィリアムの声が響く。

僕たちは運命共同体だ。今後は是が非でも僕の言うことに従ってもらう。一蓮托生(いちれんたくしょう)で、これまで積み上げてきたものをすべて台無しにされるのはごめんだからね……。

そこに祖国アルバへの思いは欠片も見当たらない。

アルバ人としての正義も、誇りも、忠節もない。

誰かから伝え聞いたのだとしたら、クレアは決して信じなかっただろう。あのウィリアムがこんな人間になってしまっただなんて。

(ウィリアム……)

それもこれもすべては、自分の代わりに彼を人質に出したせいだろう。そう考えれば彼の変節はクレアにも責任がある。

邪悪な女王に八年かけて中身を作り替えられてしまった幼なじみの、物言いの冷たさ、情けなさに、クレアは夢の中に沈んでいきながら一筋だけ涙をこぼした。

2章　初夜は甘い罰

数日後。ウィリアムのもとに、またしても女王からの呼び出しを告げる使者が来た。いつものごとく報せを受けた瞬間に出発し、馬車を急がせ、できる限り速やかに王宮へ駆け付ける。

馬車の中で、風のように流れ去る街の景色を眺めながら、ウィリアムは嘆息した。

（意外に手ごわいな……）

クレアのことだ。彼女は今もマーシアの虜囚の身であることに甘んじようとせず、一日中城の中を歩きまわっている。どうやら脱出するための方法を探しているようだ。いくら無理だと言い聞かせてもあきらめない。祖国へ帰らなければ、の一点張りである。

『わたしはアルバの女王なのだもの。敗戦の責任を取らなければならないのは確かだけど、こうして閉じ込められて、アルバのために何もできないなんて本末転倒だわ。マーシアの支配から人々の暮らしを守るため、粉骨砕身（ふんこつさいしん）するのが本来の使命のはずよ』

背筋をのばし、毅然と言う彼女は、まだ即位して一か月とは思えないほど威厳に満ちていた。幼い頃から緊迫した情勢の中で育ち、父王や兄たちの苦難を目の当たりにしてきた成果だろう。

（成長したな――）

ウィリアムは遠くを見つめる。その目は雨にけぶる街並みではなく、記憶の中にある再会時のクレアの姿に向けられていた。

アルバを発った時、見送る彼女はまだ十歳だった。幼い頃から、実の兄たちよりもウィリアムを慕い、いつも後をついてきていた。戯れのようなプロポーズをした時、彼女の目にはウィリアムしか映っていなかっただろう。政略結婚のために育てられた、ごく普通の箱入り娘だった。

それが今はどうだ。

再会した時、堂々としたクレアの立ち姿に言葉を奪われた。

姿勢の良い、すらりと背ののびた身体は、かつてとちがい女性らしい丸みを帯びていた。誇り高く輝く空色の瞳は、まっすぐな視線でウィリアムの卑小な心を射貫いてくる。

質素なドレスを着ていても、髪を結いもせず背中に流したままでも、まぶしいほどに美しい。赤みを帯びた金の髪は、故郷の朝焼けにも似ている。実際アルバの民にとっては、暗い時代を照らす光だろう。

女王としての誇りと自負、そして悲壮なほどの使命感が、目に見えない王冠のように彼女の存在を際立たせ、ウィリアムを圧倒してきた。

アルバで相対した、マーシア軍の将軍を魅了してしまったのもうなずける。

(だが、あれでは早晩自滅する)

逃亡時の経路や協力者について、あんな場所で口にするなど愚の骨頂だ。この国では、たとえ自分の寝室にいても油断は禁物。

(マティルダに送り込まれてきた間者や密偵がどこにいるとも知れないのに……)

そう考え、憂鬱な気分で息をついた。

そもそもクレアが女王になるなど、可能性はゼロではないにしても、まだ先のことだったはずだ。

アルバは男が優位な社会。本来であればクレアの父の死後、叔父のほうが玉座に近かったのだから。

だが慣習を押しのけてクレアが王位を継いだのは、ひとえにアルバの民がそれを望んだためだと聞いている。困難な時代にあって、クレアは少しでも父や兄の力になろうと進んで学び、王の名代として各地を訪ね、人々の声に耳を傾けて、戦乱による民への負担を少しでも軽減させるべく動いていたという。

その結果、クレアが王位に就くことへの期待が、身分を問わず高まっていったのだ。

それに対してクレアの叔父であるガウリー伯はといえば、武勇以外に取り柄がなく、強者にへつらい弱者に高圧的になる性格ゆえに、国民はもとより廷臣の間でも人気がなかった。

クレアの父と兄が亡き後、宮廷は満場一致でクレアを新しい王として戴くことを決めた——そんな話を風の噂に聞いている。

本来子供を産むことを第一の使命とされるクレアが、そういった評価を受けるまでには、大変な苦労と努力があったはずだ。そして虜囚となった今もなお誇り高く、女王としての責務に決して背を向けようとしない。

(なんてまっすぐに育ったんだろうね、君は)

自分とのあまりの差に、胸の内で昏く嗤う。彼女がまぶしければまぶしいほど、地を這って生きのびてきたウィリアムの卑しさが際立つ。

だがこの国では自分の姿勢のほうが圧倒的に正しい。

クレアの責任感は身を滅ぼすものだ。それもおそらく周囲を巻き込む形で。

(頭の痛いことだ——)

昔のクレアは、家族とウィリアムが世界のすべてだった。ウィリアムが、他のあらゆることよりもクレアを優先したように、彼女にとって自分は一番大切なものだったと思う。

だが今の彼女はちがう。会えずにいた八年間と、アルバの緊迫した情勢が、すっかり彼女を変えてしまった。今の彼女にとっては、アルバと、その国民以上に優先するものなどない。

身を守れというウィリアムの言葉などいかほどのものでもないだろう。

結婚してから二週間。ウィリアムは毎晩のように——時には昼間にもクレアを抱いていた。少なくとも彼女はそう信じている。性的な知識がまったくないため、あれが夫婦の営みとはほど遠い、前戯に過ぎないことを知らずにいる。

マティルダ愛用の媚薬を用いて、ウィリアムは無垢なクレアの身体を少しずつ拓いていった。入念に愛撫を施し、快楽を教え、我慢できずに懇願してきたところで、この国でマティルダの命に逆らう愚かさを吹き込み続けた。逃亡など万が一にも成功はしないと身体に教え込もうとした。

しかしクレアは聞く耳を持たない。どれほどはしたなく乱れようと、頭を振ってウィリアムの言葉を跳ね除けてしまう。「そんなことはない」と頑なに言い返してくる。芯の強さは折り紙付きのようだ。

(だが、そういう人間は長生きできない)

王宮の門を越えた馬車は、広大な前庭に設けられた道を猛然と進んでいく。ウィリアムは憂鬱な物思いにふけっていた顔を厳しく引き締めた。

窓の向こう、雨の中に威圧的にたたずむ王宮の建物をにらみ据える。

それはまた別の戦場。八年間ずっと彼の命を脅かしてきた、華麗にして無情な戦いの舞台だった。

白亜の宮殿――『仔犬の園』の居間に足を踏み入れたウィリアムを、女王は物憂い様子で迎えた。

寝椅子の端には、例によって肌が透けて見える薄物をまとった少年が座り、女王に膝枕をしつつ、皮をむいた葡萄を食べさせている。長い栗色の髪を背に流した、少女と見まごう美少年だ。

口を開けて葡萄を受け止めながら、女王は彼の指先を熱心に舐っていた。

「陛下……」

紅顔の美少年は、文字通りはにかむように頬を染める。マティルダも目を細めてそれを眺める。

「この子は、今いる子たちの中では一番だが……、やはりおまえには劣るな。おまえのいなくなった穴を埋められる子がいなくて苦労する」

とたん、年端もいかぬ少年が、一瞬だけ素に戻ってこちらをにらんできた。

ウィリアムはいつものように淡々と、黄金の絨毯に膝をついてかしこまる。

「こちらの園に戻していただけるのであれば、いつでも喜んでお受けします。その衣装を身に着けるには、いささかとうが立ってしまいましたが……」

　女王は声を立てて笑った。

「人の時間を戻せるものなら、おまえを一番美しかった十五歳に戻して、そのまま留めておきたいものだ」

　少年の膝枕から頭を持ち上げ、寝椅子の上で座り直した女王は、寝椅子の背もたれに腕を引っかけて訊ねてくる。

「そんなことより、アルバの娘はどうしている？」

「は――」

　ウィリアムは内心の緊張を悟らせないよう、完璧な無表情で応じた。

「ご報告した通り、無事バーンウェル城に迎え入れ、その日のうちに結婚式を挙げました。初めは乗り気でないようでしたが、アルバの捕虜という人質がいることをほのめかしたところ、聞き分けがよくなりました。初夜も同じように完遂しました」

　と、マティルダは緑色の瞳を輝かせる。

「ほぅ？　どんな様子だった？　話せ」

「女王である自分に対して何をするのかと言ってきたため、我が国に女王はただ一人、マティルダ様をおいて他におらず、その方のご命令であるのだから脚を開けと申しました。しかし言うことを聞かなかったので、ここにアルバの捕虜を連れてきて拷問してやろうと言ったところ、渋々服従しました」

「ふむ。娘は苦しんだか？」

「乱暴なやり方をしたため、ひどく痛がっているようでした」

彼女を喜ばせるための回答に、マティルダは手を打って笑う。

「よくやった！　それで？」

「それからは毎晩仕込んだおかげで、ようやく慣れて味をしめてきた様子です。自分から求めてくることもあります。おかげで昼間も扱いやすくて助かります」

「若い娘はどうだ？　さぞ新鮮だったろう？」

「未熟すぎて話になりません。また身体の相性もいまいちで、こんなものかとしか感じませんでした」

意地悪な質問に、どうでもいいことばかり淡々と応じたところ、彼女は満足そうにうなずいた。

「で？　小娘はすっかり大人しくなったのか？」

「は、今のところはそう見てよろしいかと」

「フン……」

鼻を鳴らし、女王はしばし考えるそぶりを見せる。

「即位してからの断固とした戦いぶりといい、将軍からの報告の手紙といい、もう少し骨があるかと期待したのだがな……。……いや、従うふりをして逃げる機会をうかがっているやもしれん」

自分の言葉にニヤリと笑い、彼女は身を乗り出してくる。

「わかっているな、ウィリアム。その娘はいずれ、おまえの目を盗んでアルバと何らかのやり取りをするにちがいない。見つけたら目をつぶれ。だがやり取りの内容は把握しろ。そして妾、あるいは現アルバ国王への叛乱の証拠になりそうなものがあれば、必ず持ってこい。よいな」

「……は」

ウィリアムは無表情でうなずきながら、苦い思いを飲み下した。

現アルバ国王――それは他でもない、クレアの叔父・ガウリー伯である。

彼はマーシアと通じたのだ。国王である兄が死んだというのに、王位は自分ではなく、年端もいかない姪に渡ってしまった。その瞬間から、彼の愛国心は敵愾心へと姿を変えたのだろう。

アルバ軍の情報をマーシアに流し、戦闘中に行方不明になったふりをして姿をくらまし、戦争が終わってクレアがマーシアに連行された後、マーシアの貴族と共にアルバの宮廷へ舞い戻り玉座に就いた。

アルバ宮廷の大部分は、その時になってようやく彼の裏切りに気づいたというのだから、のんきすぎる。

　もちろん彼は実質的には何の力も持たないお飾りの王だ。国政を仕切るのはマーシアが送り込んだ貴族たち。忠節を好むマティルダにとって、今のアルバは理想的な政治体制だった。

　だがアルバ人は傀儡の王を受け入れてはおらず、クレアを取り戻して現状を打破しようとしている。

　マティルダはもちろん、それを許すつもりはない。ガウリー伯に命じて、不穏分子は片端から始末させているらしい。そして――

「かわいいウィリアム。何年も時化た城に押し込めているからね。しばらくは小娘で憂さを晴らすといい。だが――おまえにあの娘を預けたのは、処刑する口実を探すためだよ。どんな粗も見逃さぬおまえの目を見込んでのこと。期待に応えてくれるな？」

　ウィリアムは、いっそう深く頭を垂れた。

「あたう限りの力で、応えてご覧に入れます」

「叛乱の証拠でなくてもかまわぬ。あの娘が城のある島から一歩でも出たら、それは逃亡を禁じた妾の命令に違反したということ。それも報告しろよ」

「は、少しでも処刑の口実になりそうな怪しい動きがあれば、必ずお耳に入れます」

　従順な反応に、しごく満足したようだ。ごろりと横になったマティルダは、美少年の膝に頭をのせ、戯れに股間をまさぐり始める。突然のことに頬を染め、息を詰める美少年を見上げながら、彼女はウィリアムに背中で命じてきた。

「さがってよい」

女王の前を退出したウィリアムは、激しい焦燥に追い立てられる気分で華美な王宮の中を歩く。普段からせっかちな女王の命令に振り回される者が多いため、足早に歩いていても誰も気に留めない。

（クレアを大人しくさせないと……！）

彼女からマティルダへの反発を早急に取り除き、完全に服従させなければ。

頭の中はそれ一色だった。もはや一刻の猶予もない。ウィリアムの予想よりもはるかに強く、女王はクレアを警戒しているようだ。

仮に今、マティルダの身に何かあれば、従妹であるクレアが跡を継ぐ可能性が高いのだから当然といえば当然。しかし、そうはいっても今のところマティルダは健康そのもの。もう少し余裕があると思っていたのだが……。

（甘かったな）

クレアを捕らえた将軍は、手紙の中で、彼女を手放しで称賛したらしい。それを聞きつけたマーシアの廷臣が、マティルダを排除してクレアを次の女王に、などと考えないよう、早急にクレアを消してしまいたいようだ。何しろこのマーシアにおいても、マティルダの邪悪な気質を問題視する貴族は多くいるのだから。

そしてクレアのほうは、まだ逃亡の希望を失っていないときている。

(希望など徹底的に潰さなければ――)

この先ずっと、バーンウェル城で息を殺して生きていく。それが彼女に残された唯一の道だ。彼女がいなくても、他の誰かがアルバを救うだろう。彼女はもう過去の人間なのだ――それをわからせる必要がある。

「――……」

ふと明かりを感じて窓を見れば、雨が止んだようだ。雲間から差し込む細い光を目にして、ウィリアムの足取りが緩む。

暗い雨に慣れた目には、その光はまぶしすぎ――直視することができない自分を恥じる思いで目を伏せて、ウィリアムは再び早足で歩き始めた。

⚜

人の足音が聞こえたような気がして、クレアは素早く外壁のくぼみに身を隠した。

（危ない危ない……）

　荷車を引いていく人の気配をやり過ごし、しばらく耳を澄ました後で再び歩き始める。

城の外を歩くなど、普段ならすぐに人目についてしまうだろうが、今はうまい具合に霧が隠してくれた。

　城の周囲には朝晩必ず霧が出る。さらに今日のように冷え込む日は日中も霧に覆われる。

こっそり抜け出して探索するのは難しいことではなかった。

　城の船着場付近までやってきたところで、クレアは周囲にぐるりと目をやった。

「何も見えないわね……」

　霧は自分の姿を隠してくれる半面、視界をほぼすべて奪ってくる。それでもクレアは、しぶとく慎重に探検を続けた。

　ウィリアムからは、城の地下に降りることと、外に出ることを禁じられている。

　なぜなら地下には拷問場と処刑場があり、下手をすると罪人が連れ込まれて使用しているところに鉢合わせてしまいかねないから。そして城の外に出たら、女王に報告しなければならないから。

『中庭なら散歩してもかまわないし、書物でも楽器でも、城にある物は好きに使っていい。だから絶対、城からは出ないこと。いいね？』

　ウィリアムは口を酸っぱくして言ってくる。しかし納得のいかないクレアは、留守を見計らっては城の外に出ていた。とはいえ無茶をして見つかっては元も子もない。毎回、焦らずに少しずつ少しずつ調べて様々なことをつかんでいった。

その結果、城から船着場まで、霧の日なら人の目につかずに移動できるとわかった。また城には複数の箇所に見張りの塔があるが、この城で暮らす人間の数は限られているため、見張りの塔に常に人がいるわけではないという発見もあった。そして湖は、泳ぐには水温が低すぎる。さらに頻繁に生じる濃い霧のおかげで視界が悪いのも問題だ。

逃亡の現実的な案としては、やはり城のどこかに隠されている小舟を奪い、湖を渡ることだろう。

(どこかって……やっぱり地下よね……)

実は人の気配がないのをよく確かめて、一度だけ地下に降りてみたことがある。だがすぐに後悔した。

苔に覆われた石の牢獄に、見るもおぞましい器具の数々――暗く、冷たく、じめじめと湿った地下は、燭台の明かりだけで進むにはあまりにも恐ろしかった。おまけに想像以上に広く、迷路のように入り組んでいる。仮に探し物をする場合、かなりの時間が必要だ――。

小舟の奪取方法について考え込んでいたクレアは、少しだけ注意が散漫になっていた。

ピチャン……。

ふいに間近で水をかく音がして、はっと顔を上げる。

その時には当の小舟が目の前まで迫っていた。霧が深すぎて近づいてくるのに気がつかなかったのだ。粗悪な厚織の外套を身に着けた、小柄な影が舟を漕いでいる。おそらくレオンだろう。

問題は、小舟の舳先にウィリアムが立っているということ。

「何をしているの？」

身軽に船着場に降りたったウィリアムが冷たく訊ねてくる。

「…………」

「城の外には出ないよう、何度も言ったよね。君は何度も二度と出ないと約束した」

「それは……っ」

クレアの顔がカァッと赤くなった。続く言葉を発しようとしたものの、レオンの存在に気づいて言い淀む。フードを深くかぶった子供は、ウィリアムが手を振ると、そのままどこかへ漕ぎ出して行った。小舟を保管場所へ持っていくのだろう。

さりげなく、どの方向へ向かうかだけでも確認しようとしたものの、視界はウィリアムの身体に阻まれた。クレアは憤然と言い返す。

「……それはあなたが、ひ、ひどいことをして、わたしに言わせたんじゃない……！」

いやらしいことをたくさんして、クレアを官能の極みに追い込んで放置し、何でも彼の求めるよう仕向けてきたから、従わざるをえなかっただけ。自分の本意ではない。

しかし彼は、そんな言い訳を受け入れるつもりはないようだ。

「次にやったら、しばらく外から部屋の扉に鍵をかけるとも言っておいたはずだけど？」

「監禁するつもり？」

見下ろしてくるウィリアムの眼差しは厳しい。扱いにくく、反抗的な妻だと、さぞかし苛立っていることだろう。だが負けるわけにはいかない。

クレアははっきりと宣言した。

「閉じ込めたところで、わたしはあきらめないわよ」

「マティルダは、君がこの城から出た時点で死刑の口実にすると言っている。目をつぶるにも限界がある」

「死ぬのは恐くない。——女王として、まだやらなければならないことが山積みだから死にたくはないけど、祖国がマーシアに食い物にされるのを黙って見過ごすくらいなら、命を懸けても脱出するほうを選ぶわ」

はっきりと言い放つと、彼は噴き出した。何がおもしろいのか、声を立てて笑い出す。

「何よ——」

「いや、だって……っ。君が、……あまりにも予想通りなことを言うから……っ」

「だから何？」

「だから——」

笑いながら手をのばし、彼はクレアを強い力で抱き寄せた——かと思うと、反対の手で髪を引っ張って上向かせ、覆いかぶさるようにしてのぞき込んでくる。

まるで深いキスをする寸前のような体勢だ。しかし。

「冗談じゃないよね。こっちの努力を全部無にするような真似をして。君の自己満足にはうんざりだ！」

声を荒らげるウィリアムは初めてで、真剣な怒りが伝わってきた。

後ろに引っ張られた髪の毛が痛い。上体をしならせたまま、クレアは彼の気迫に呑まれないよう、必死に言い返す。

「何を言われようと……あきらめるわけにはいかない。わたしはアルバを守らないと——」

「…………っ」

とたん、彼の眼差しの中に怒気が走る。

「その必要はないよ」

抱擁する腕から力を抜き、クレアを解放しながら、彼は低い声で告げてきた。

「王位は、君の叔父さんのガウリー伯が継いだ。彼はマティルダの盟友なんだ」

「————……!?」

落雷のような衝撃を受け、クレアは空色の目を大きく瞠った。

(うそ……！)

茫然と立ち尽くしつつも、その時、すべてを悟る。

予想よりも早くマーシア軍が進軍してきた理由。叔父が戦場から忽然と姿を消したきり見つからなかった理由。マーシアが、仮にも女王であるクレアを強硬に国外に連行した理由。

叔父は戦士としては優秀な人間だ。しかし政治のできる人ではなかった。おまけに自分のことしか考えず、誰が苦しもうと、自分の立場が安泰ならそれでよしとする性格だ。国政を担う器ではないと、かねてより問題視されていた。

(叔父様が王位に……？　それでは完全にマーシアの傀儡になってしまう！)

叔父はおそらく、自分が王位にいられれば、それでかまわないはずだ。マーシアの言いなりに政治を行い、アルバのあらゆるものを搾取し、この先も国民を苦しめ続けるだろう。

「余計に早く帰らないと……っ」

真っ青な顔で、踵を返そうとしたクレアの手を、ウィリアムがつかんだ。

「君の逃亡が成功すれば僕は殺される。わかってて言ってるんだろうね？」

「……もちろん、あなたも一緒に逃げるのよ？」

最初から、自分一人で逃げるという選択肢はない。

クレアとしては当たり前のことを言っているつもりだった。が、彼は苛立たしげに眉根を寄せる。

「僕にそのつもりはない。巻き込まないでくれ」

「どうして？　わたしが逃げたらあなたは殺されてしまうってわかっていて、どうしてここに留まろうとするの？」

「何もかも無駄だとわかっているからだ！」

一向に聞き分けようとしないクレアに焦れたように、彼は声を張り上げた。

「マティルダを甘く見るな。彼女は周到だ。罠を張り、獲物がかかるのを辛抱強く待ちながら爪を研ぐ猫だ。長く仕えてきたから僕は誰よりもよく理解している」

ウィリアムは自分の胸をつかんで訴えてくる。

「希望を与えてから奪うのが彼女の常套手段だ。君が今、逃げられるかもしれないと考えている、そのこと自体が彼女の罠なんだ。君は絶対に逃げられない。逃げようとしてマティルダの罠にはまるだけだ。そういう人間を今まで大勢見てきた。逃れることのできた人間は一人もいない。ただの一人も！」

「ウィリアム……」

迸る激情に息を呑んでいると、彼は少し語調を弱めた。

「……五年だ。ひとまず五年だけ大人しくしててくれ。そうすれば――」

「無理よ」

「なぜ」

「前回の戦争が、どうして始まったのか知らないの？　七年前の戦争で結ばれた条約の中身が過酷すぎて、すでに今、このままだとアルバは滅びるしかないっていうくらい厳しい状況なの。アルバの民が毎年強いられている税は、マーシアの民の四倍よ。去年は不作の上に疫病が流行って、寒村では人口の半分以上が犠牲になった」

七年前の敗戦時、占領されてアルバという国がなくなってしまったほうが、まだよかった。マーシアの国土と同じ程度の税を支払えばよかったなら、ここまで苦しい毎日にはならなかった。そんな怨嗟の声を、クレアは国民からくり返し聞かされた。

このまま国土が荒廃していくのを――重税にあえぐ国民が無為に命を落としていくのを、黙って見過ごすわけにはいかない。幸い、今ならまだ勝機が残っている。

クレアがアルバに戻り、迅速に手を打つことさえできれば、まだ間に合う。今ならまだ。

……五年後では遅いのだ。

「わたしは女王として、大陸の国々と協力してもう一度マーシアと戦い、行き過ぎた条約を撤回させなければならないわ。他にアルバを救う道はない。そのためにはなるべく早く、国に戻らなければならないの」

「それは不可能だと言っている」

「五年も待てないわ。その間にどれだけの人の命が失われるかと思うと……」

「君の命に比べれば、どうでもいい話だろう?」

　さらりと——ごく当然とばかりに、彼の口から恐ろしい言葉がこぼれる。

　その瞬間、パン! と、乾いた音が響いた。

「——……」

　手のひらがジンジンと痛む。叩いたクレアのほうが驚いてしまった。これまで人に手を上げたことなど一度もない。しかし今の言葉だけは、絶対に聞き逃せない。

「……仮にもアルバの宰相の息子でありながら……、何ということを……!」

　驚きが去ると、怒りと悲しみの入り混じった気持ちがこみ上げてくる。

　ウィリアムは、叩かれて少し赤くなった白い頬を、手の甲で軽く押さえていた。しかしやがて、美しい顔に不穏な笑みを浮かべる。

「おいで。どんな事情があろうと、あの頭のおかしな女王に逆らってはならないんだってことを、よく教えてあげる」

　のばされてきた手が、クレアの手首をつかむ。それはまるで手枷のように、重く強く、クレアの自由を容赦なく奪った。

引きずるようにして寝室に連れ込み、寝台の上に押し倒したクレアに、彼は早速のしかかってきた。

「いや……っ」

いつもはその前に媚薬入りの酒を飲ませてくるが、今日はそのつもりはないようだ。

「あんなものなくても、君の身体はすっかりいやらしくなったからね」

訳知り顔で言うと、彼は逃げる身体を押さえつけ、くちびるを重ねてきた。

ついばむような柔らかいキスは、すぐに深いものへ変わっていく。忍び込んできた舌が、口の中の感じやすい部分をくすぐってくる。この二週間で、いやというほど探索され、知り尽くされてしまった弱い箇所を愛撫されるたび、クレアの腰の奥は甘く疼いた。

くちゅくちゅと唾液の絡まる音に、官能の予感を覚えた身体から力が失われていく。

逃げる舌を追うようにして絡め取られ、やんわり吸われると、それだけで身体の深いところからゾクゾクと愉悦が湧き上がってきた。

「……ぅ、……ん……っ」

首を振って逃れようとしたところで、絡みつく舌の勢いが増すだけ。淫猥な愛撫を延々施され、とろとろになるまで舐め溶かされるだけだ。溺れるような熱い劣情から逃れることはできない。

深いキスでクレアの官能を翻弄しながら、彼はドレスの胸元を開いてきた。胴衣の紐をほどき、コルセットを緩め、白い双乳を引っ張り出すと、両手で包んで先端が見えるように押し上げてくる。

つんと赤く凝った先端を目にして顔が熱くなった。

逆にウィリアムは、勝ち誇ったような笑みを浮かべる。

「キスをしただけで、こんなに勃たせて……」

「言わないで……」

「恥じることはない。淫乱なのはいいことだ」

見せつけるように舌を出して、彼は赤く熟れた粒を口に含む。

「そんなこと……ひっ、……やぁっ、ぁ……ンっ、ん……っ」

硬くなった乳首をねっとりと舐められ、転がされ、気持ちのよさに悲鳴じみた声が漏れた。右に左に身をよじりながら、ジンジンと芯まで響くような快感に震える。

クレアは首を振って、悩ましい衝動をやり過ごそうとした。

「どうして……?」

おかしい。薬の入った酒を飲まされていないのに、こんなに感じてしまうだなんて。

ウィリアムが舌先で乳首をつつきながら笑う。

「二週間かけて、僕が丹念に開発したからさ。君の身体はもう、薬なんかなくても充分感じやすくなった。それに……定期的にいやらしいことをしないと、疼くようにもなった。残念だったね。清らかな身にはもう戻れない」

告げられた事実に、クレアの瞳がうるむ。

「ひどい――」

ウィリアムはフッとあざけるような笑みを浮かべた。

「心配ないよ。この先、君の身体が疼いたら僕が慰めてあげる」

「いや……っ」

「だって君、こうされるの好きじゃないか」

勝手なことを言い放ち、彼はツンと硬く尖った粒を、さらにぬるぬると舐めまわす。感じやすい箇所を熱い口腔で弄ばれ、痺れるような愉悦に背筋がひとりでにしなってしまう。

「いや、好きじゃなっ……あ、んぅっ、ンっ……ん、ぁあっ……」

口に含んでいないほうの先端は、指ではさんでくりくりと押しつぶされた。必死に口を閉ざそうとするも、甘い痛みにほころんでしまう。

いやいやと首を振りつつも、快感に顎が跳ね上がり、気づけばはしたない声がこぼれていた。

クレアに思い知らせようとするばかりの、ひどい仕打ちに涙をにじませる。

（ウィリアムは、どうしてこんなに変わってしまったの……？）

彼に会えて、とてもうれしかったのに。失望なんかしたくないのに。彼はクレアの期待を裏切ってばかり。かといって、そんな彼を拒み、突き放すことも考えられなかった。身代わりに差し出しておいて、人が変わってしまったからと背を向けるなど論外だ。

どんな彼でも受け入れるのが、クレアが彼にできる償いだろう。彼がクレアをほしいというのなら、その気持ちに応えるべきだ。

悲壮な覚悟を胸に、淫猥な愛撫に耐える。

「あっぁあ、ぁ……っ」

熱い口腔でぬるぬると転がされていた乳首に、きゅっと歯を立てられ、クレアの煩悶(はんもん)がますます深まった。さわられたわけでもないのに腰が揺れてしまう。

その動きに触発されたのか、ウィリアムはクレアのドレスの裾に手を入れてドロワーズを手早く脱がしてくる。

この後に起きることはもうわかっていた。彼はクレアの脚の間に入り、両膝を左右に開いてくる。

「いやぁ……っ」

クレアは両腕で顔を隠した。

いつもこの瞬間が最も恥ずかしい。指でさわられるよりも、自分でもよく知らない秘めやかな箇所を、まじまじと見られるほうが強い羞恥に見舞われるのだ。

クレアの反応から、それを見抜いているのだろう。ウィリアムはいつも、信じられないほど大きく膝を開かせ、穴が開くほどに観察しては、いちいち報告してくる。

「ぐっしょり濡れてヒクヒクしてる。早くほしいって言ってるみたいだ」

「やめて……っ」

「媚薬を飲んだわけでもないのに、これはどうしたことだろうね」

顔を隠すクレアの両腕をつかんで、やんわりと開かせ、真っ赤に染まった顔を、彼は間近から見下ろしてきた。

「指と舌、どっちがいい？　希望ある？」

「知らない……っ」

子供のように顔を背けると、彼はくすりと笑った。

「かわいいから、両方してあげるよ」

そう言うや、彼は大きく開かされた秘処に顔を伏せる。

「や、やだ……っ」

ただでさえ充血して感じやすくなっている花弁を、熱く濡れた感触がぐちゅりと舐め上げてくる。その卑猥な感触に、肌という肌が総毛立った。

「ひぁん……！」

思わず枕を強く握りしめる。

まずは手始めとでもいうように、ぽってりと腫れた花びらに舌が這わされてくる。襞の合間に舌を挿し入れ、蜜をこそげ取るように丹念に舐められ、じっとしていられなくなったクレアは、敷布をかき乱して身体をくねらせた。

「はぁっ、ぁっあぁっ……！」

気持ちよさのあまり頭が真っ白になる。

おまけに涙に歪んだ視界の先では、手で花弁を大きく左右にくつろげ、猫のようにぴちゃぴちゃと音を立てて舐めているのだ。あまりにも卑猥な光景に眩暈がする。

「み、見ないでぇ……っ」

「だって君のここ、舐めるとうれしそうにひくつくからさ……」

「あぁっぁふ……っ、ぁん……！」

涙がぽろぽろこぼれ落ちる。

ぬるぬると丁寧な愛撫が気持ちよすぎるのも、耐えられない。押さえつけられ、大きく開かされたままの下肢が、びくびくと震えてしまう。後から後から愛液があふれ出すのが自分でもわかる。

思うさま舐めた蜜口へ、彼はそっと指を挿入してきた。

はじめの頃は、一本挿れられるだけでもきつかったというのに。媚薬を使い、何度も同じことをくり返した結果、今では二本重ねた指でも難なく呑み込んでしまう。

おまけに官能を覚えた蜜路は、歓迎するかのように、自らきゅっと指を締めつける。

「あぁ……っ」

ぬぶぬぶと沈んできた長い指に媚壁を擦られ、クレアは身体をひくつかせて感じ入った。

何度経験しても、中までふれられるこの淫猥な感触には慣れない。

せまい内部をくつろげるように、彼はぐぶぐぶと指を押しまわしてきた。空気にふれた蜜路がぐちゅぐちゅと、ねばついた音を立てる。

うんと蜜口がほぐれたと思った頃、長い指が、中の感じやすい場所をくりゅくりゅと捏ねまわした。とたん、目が眩むほど淫猥な快感が生じ、媚壁がきゅぅぅっと指を締めつける。

「ひっ、あっぁぁあっぁ、ぁ……!」

それまで煽りに煽られていた官能が、決壊に向けて一気に高まっていった。しかし決壊の一歩手前ですっと手が止まってしまう。

「あぁっ……そんな……っ」

いやいやをするクレアに、ウィリアムがくちびるの端を持ち上げた。

「君は言いつけを破った。だからこうされるんだ。わかるね?」

「はぁっ、ぁあっ、ぁっ……」

ゆるゆると指を動かしながら彼は言う。しかしいじってほしいのは、そこではない。物欲しげに腰が揺れてしまう。

「ウィリアム……おねがい……っ」

「言いつけを破った時は、どうするんだった？」

厳しく問われ、クレアはすすり泣いた。

「ごめっ、ごめんなさい……っ。もうしません……っ」

本当はこんなこと言いたくない。だがあと少しなのだ。あとほんの少しの刺激で達することができる。我慢するにはつらすぎる。

しかし彼は意地悪く焦らしてきた。

「何をしないって？」

「も、もう……、城から外に出ません……」

「本当かな？　君は何度も約束を破っているし……」

「本当に、もうしないから、お、おねがい……っ」

性感の近くでゆるゆると動く指のじれったさに我慢できなくなり、クレアはついにウィリアムの頬を両手ではさんで引き寄せ、自ら口づける。

舌を押し入れ、拙いながらも必死に絡める。ねだるように舐めまわす幼稚な舌戯に、ウィリアムが喉の奥で笑う気配がした。

「わかった、わかった。たちの悪い妻だな、まったく」

緩く指を曲げると、彼は臍裏の性感を軽く擦りたててくる。とたん、突き抜けた快感に、広げられた内股がびくびくと痙攣した。

「ひ、あぁっぁぁ……！」

「信用ならないとわかっていても、言うことを聞かされてしまうんだから」

きゅうきゅうと締め上げる中で、ウィリアムは同じ場所をとんとんと軽く叩くように刺激し続ける。

「やぁっ、あっぁっぁぁっ……！」

深い法悦に呑み込まれ、意識が高みへと飛ばされた。下肢の奥が熱く燃え立つ感覚に、背をきつく反らせて陶酔する。そんな中、それまで放置されてきた淫核をぬるりと押しまわされ、ますます激しい快感に襲われた。

「——……！」

声にならない声を上げて、びくびくと腰を痙攣させる。

心ゆくまで深い陶酔に浸った後、クレアはハァハァと息を乱してベッドに横たわった。

「指が食いちぎられそうだったよ」

ウィリアムが笑み交じりに言う。ぬるりと指を抜いた彼は、クレアの脚の間からどこうとしなかった。覆いかぶさったまま、不穏当に告げてくる。

「ところで、今日はこの先に進もうと思うんだけど」

「え……？」

「君の初々しい反応が新鮮で、ついつい愉しんでしまったけど……。実は、僕は君の操をまだ奪っていない」

「…………」

うまく働かない頭でしばらく考えたものの、意味がわからなかった。

「そんなはずないわ――」

言いかけたくちびるに、彼は人差し指を置いてくる。

「たったこれだけで子供ができると、本当に思ってた？」

「――……」

クレアの頬が赤く染まった。恥ずかしい場所を舐められたり、身体の中に彼の指を受け入れるだけでは足りないというのか。

戸惑うクレアの手を取って、ウィリアムは自身の下肢へ導く。

「ここ、興奮しているの、わかる？」

「………っ」

衣服越しに熱く脈打つ、硬いものにふれる。その正体はわからないものの、なぜだかひどくドキドキした。

この二週間、夫婦の営みをする際、彼は時々クレアにそれをさわらせた。「そのうち挿れるよ」とも言われたが、深く意味を考えたことはなかった。……というか毎回、余計なことを考える余裕がなかった。

困惑するクレアの前で、ウィリアムはシャツを脱ぎ捨てる。現れた裸の上半身は、まるで彫像のようだった。

肌は白く、どこまでも滑らかだ。衣服を身に着けていると細く見えるが、こうして見ると引き締まっていて逞しい。男性なのだと強く感じる。

彼が脚衣の前をくつろげると、件の物体が現れた。外が曇っていて部屋の中が薄暗いため、はっきりとは見えないものの……。

クレアは目を逸らした。この状況で、それが自分に良いことをもたらすとは到底思えない。

その予感は当たった。

ウィリアムは、クレアの片方の脚を自分の肩に引っかける形で開かせると、クレアの花弁に先ほどの物体をこすりつけてきた。

「な――ぁン……っ」

硬くて熱い感触に蜜口が震える。達したばかりのそこは、ぽってりと花開き、驚くほど敏感になっていた。その割れ目に、彼は大きな楔を押しつけてくる。あふれる蜜を幹にまぶすように、ぐちゅぐちゅと腰を前後させてくる。

「これが僕の男の部分。君がほしいという欲望そのものさ」

「そんな、……ぁっ……ん……っ」

「これを中に挿れたら、君はもう清い身じゃなくなる」

そんな言葉と共に、膨らんだ先端で淫芯を刺激され、びくん！　と全身が跳ねた。

「や、それ……ぁっ、ぁっ、ぁぁ……！」

ぬちぬちといやらしい音を立てて、屹立は充血しきった敏感な芽を柔らかく潰してくる。

下腹が熱く疼き、目の前がちかちかした。強烈な刺激に、またしても達しそうになる。

「君が望むなら最後までしてあげる。僕に処女を捧げるって、君が言うなら」

「あ、やぁ……、ぁぁっ……ぁ！」

クレアが自分からそんなことを望むはずがない。結婚すら、望んだことではなかったのだから。

しかし卑猥な腰つきで秘処を嬲ってくる熱塊の感触は——淫芯を捏ねられる恍惚（こうこつ）は、クレアの中の性への渇望をどうしようもなく呼び覚ましてくる。

「どうして……っ」

クレアは恨めしい思いで夫を見上げた。

いっそ、こちらの意志などかまわず進めてくれればいいものを。結婚式のように、否応なく行われ、気がついたら終わっていたという形であれば、しかたがないと受け入れるのに。

しかしウィリアムは悪辣だった。

「無理やり操を奪ったところで、君の誇りを守るだけだからね」

にちゃにちゃと下肢を擦り合わせ、まろやかな手つきで胸の膨らみを揉みしだきながら、煩悶するクレアの姿を見て愉しんでいる。

淫芯をくりくりされながら、胸の先端をきゅっとつままれ、びくびくっと身体が引き攣った。

「いやぁ！　いや……っ」

手慣れた淫戯は得も言われぬほど気持ちよく、息も絶え絶えになってしまう。彼のものになることを望めばこの苦悶から解放されるのだろうか？

ちらりとそう考えた瞬間、無情な言葉が降ってきた。

「女王に、今や君は自分から求めてくるようになったと報告したばかりだ。現実にしないと僕は嘘つきになってしまう」

意地の悪いささやきに涙があふれる。こんなことまで、マティルダが関わってくるというのか。

しかし意志に反し、身体はますます深い快楽に乱れていく。

一度離れた彼が、再び中に指を挿れてくるに至って、懊悩はますます激しくなった。臍裏の性感をぬるぬると刺激しながら、慣れた手つきで追い立ててくる。

「はぁっ、だめっ、……そこ、だめっ、ぁっ、ぁっ、ぁぁ……！」

「ここはいい具合に蕩けてるね。物欲しげに指を引き込んでくる」

長い指でちゃぷちゃぷと中をかきまわし、親指の腹でぬるりと淫核を転がし、絶え間ない愉悦を与え続けてくる。けれど高みへ昇り詰める前に手を止めてしまう。――ウィリアムはそれを何度もくり返した。

「ふぁ、ぁ……っ」

クレアは失望の声を上げながら、絶え間なく卑猥に腰をうねらせる。

蜜口からあふれた蜜が、まるで粗相でもしたように臀部の下に溜まっていった。どれほど感じようと決して解放してもらえない。それどころか、達きたくても達けない苦悶の中へ、ますます巧みに追い詰めてくる。おかしくなりそうなほど煮え立つ官能の中に取り残され、わずかに残っていた理性もふやけてしまう。

そのまま一体どれほどの時間が過ぎたのか。

喉が嗄れるほど喘ぎ続けた末、むせび泣きながらクレアは気がついた。

これは、もしかしてウィリアムの報復なのではないか。

人質として送られてきた国でつらい目に遭い、何度も助けを求めたのに応えてもらえず、自力で身を守るしかなかった――そのことで、彼はやはりアルバを恨んでいるのではないか。

その矛先が、たまたま目の前にいるクレアに向けられているのでは……？

気がついてしまえば、もう抗うことはできなかった。その思いつきは、クレアから抵抗のためのあらゆる力を奪った。

「ご、ごめんなさい、……ウィリアム……っ」

朦朧（もうろう）としながら白旗を揚（あ）げる。

「も、許して……っ、許して……」

「降参？」

軽い質問に、こくこくと小刻みにうなずく。と、ウィリアムは勝ち誇ったように告げてきた。

「じゃあ、大きな声でこう言うんだ」

そして耳元でセリフをささやいてくる。

聞こえた言葉に、クレアの頭が沸騰しそうになった。言えない。でも――。ためらう気持ちを打ち砕くように、快感の源を指の腹で優しくいじめられ、甲高い声が堪えきれず口をついて出る。

「あぁぁ……っ」

一気に高まった性感は、しかしまたしても途中で放置された。その先へ達したい。はち切れんばかりの淫熱から解放されたい。やはりこれは意趣返しなのだ。クレアを苦しめ、ねじ伏せるための。

クレアは涙に濡れた目でウィリアムを見上げ、指示されたセリフを口にした。

しかし彼は首を振る。

「声が小さくて、何て言っているのか全然わからない。ちゃんと僕に聞こえる声で、もう一度」

クレアは、恥ずかしく屈辱に満ちたセリフをくり返した。しかしなおも彼は、呆れたように息をつき、淫芯を指先でくりゅくりゅといじる。とたん、刺すような快感に目の前が真っ白になる。

「あぁっ！　やあぁぁ…っ」

「ほら、そのくらいの声で言わないと」

無情な仕打ちにすすり泣く。自らの誇りが、恐ろしい勢いで汚されていくのを感じながら、クレアは声を張り上げた。

「マッ……マティルダ女王の言いつけに逆らったわたしに……っ、うんといやらしい罰……与えてください……っ。お仕置き、されたいです……！」

「いいよ。君がそう言うのなら、罰を与えてあげよう――」

言い終わるのと同時に、漲る彼の欲望がずぶりと、重い痛みを伴って蜜口の中へ押し込まれてきた。それは少しずつ、めりめりと隘路を裂きながら突き進んでくる。

「……ん、……あふぅ……ぅ……っ」

苦しそうに眉を寄せてうめき、ウィリアムは慎重に熱塊を押し込んでくる。時間をかけて入念に拡げられたためか、あるいは中を満たしていた愛液のおかげか、それは止まることなく奥へたどり着いた。

「クレア……っ」

根元までぐっと埋め込んだところで、彼も息をつく。

身体の中で別の脈動を感じることに、慣れない戸惑いを感じながら、これで自分たちは本当の夫婦になったのだと本能的に理解した。

(ウィリアム……)

どう感じればいいのかわからない。身体はつながっていても、二人の心には明らかに隔たりがある。

彼のすべてを受け止めたいと思うも、マティルダに絶対服従の部分だけは、どうしても受け入れられない。それでも――

それでも彼は、涙でぐちゃぐちゃになったクレアの顔にキスを落としてきた。

小さな嗚咽を止められないでいると、ややあって額にもキスをしてくる。

ついばむようなキスは優しい。どうしてか、昔の彼と同じ気配を感じるような気がする。

ようやく見つけたものへ、クレアは思わず手をのばした。

（ウィリアム――ウィリアム……！）

気づけば彼の頬にふれていた。互いに戸惑う目線で見つめ合った後、クレアは震える声でつぶやく。

「くちびるに、して……」

「――……っ」

ウィリアムは一瞬、虚を衝かれたような顔をした。菫色の瞳に、困惑と逡巡と苛立ちと――様々なものが浮かんでは消える。その後、すべてを振り払うように、荒々しくくちびるを奪ってくる。

それは彼の中で暴れまわる欲望を示すようなキスだった。何度となく舌を絡め、執拗に吸いたててくる。ねっとりとした激しい愛撫に、クレアの官能が熱を帯び、深まっていく。

濃密なキスの愉悦が腰まで伝わると、痛みにこわばっていた淫路が蠢き、奥までみっしりと埋め尽くす熱い楔に吸いつき始めるのを感じた。

「ん……っ」

ウィリアムも感じたのだろう。身を離すと、彼は大きく腰を引いた。ずるり、と強く引き抜かれる感触に息を呑んだのもつかの間、再びずぶずぶと奥まで貫かれる。

「あ、あぁ……っ」

様子を見るように手加減されていた抽送が、次第に勢いを増してくる。はじめのうち下肢にまとわりついていた痛みも、ほどなく恍惚と混ざり合い、押し流されていった。

「クレア……、クレア……っ」

情熱に満ちた声に心を掻き立てられる。強く求められていると感じる。

クレアの身体のわきに両手をつく彼が腰を前後させるごとに、腕の筋肉の盛り上がる様がなまめかしい。思わず手を上げてそこにふれると、彼はクレアの手を取り、口づけてきた。そのまま指を絡めるようにして敷布に縫い留められる。

手のひらから暗い想いが伝わってくる。

「ごめんよ。絶対に逃がさない――」

「……ぁ……っ、ウィリアム……っ」

切なく名前を呼ぶと、再び口づけられた。淫靡に舌を絡めつつ、ずんずんと突き上げられ、生じた歓びに悶える脚が彼の腰をはさむ。

「んっ……、んふっ……んっ……」

揺さぶられながら、闇深い彼の情熱に身を任せる心地よさに酔った。それではいけないとも感じたものの、何も感じまいと心を閉ざすにはあまりに甘い官能だ。ただただ溺れたくなる。

一方で意識のどこかで反対する声もあった。

（だめ……。だめ……）

彼の想いに引きずられてはいけない。クレアはクレアの道を歩まなければ。

わずかな抵抗の意識を感じ取ったのか、突き上げにいっそう熱がこもっていく。

「君はここで快楽を貪っていればいい、クレア……っ」

彼はクレアの腰を抱え、小刻みに奥を穿ち始めた。膨らんだ切っ先でずくずくと内奥を抉られ、小さな快感が下腹でくり返し弾ける。

「まっ、待って、だめ、これ、だめっ、だめ、あっぁあっ、やぁぁ……！」

立て続けに鋭く発する歓喜に翻弄される。うねる腰を抱え込み、ウィリアムは煩悶するクレアを容赦なく追い上げてくる。

内奥で暴れる快感が全身を貫き、嵐のように苛んできた。決壊寸前で留め置かれていた官能は煮えたぎり、脳髄まで痺れてくる。目の前が真っ白に洗われ、クレアはほどなく昇り詰めた。

高く高く放り出されるような感覚が恐ろしく、つないでいた彼の手を握ると、強い力で握り返される。奥で彼の欲望が弾けるのを感じ、どくどくと叩きつけられる飛沫から、さらなる恍惚を得る。

「あぁ……！」

その瞬間、確かに幸せを感じた。クレアは彼を愛している。こんな形でも結ばれてうれしい。でも——

「ご要望に添えたかな?」

　ずるりと雄芯を引き抜いたウィリアムが、あざけるように訊ねてくると、やはりこれは彼の意趣返しなのではないかと、胸が痛みを発する。

　色香のしたたるような微笑みを浮かべて、彼はくちびるをほころばせた。

「これでわかったろう? 君は、玉座には向いてないよ。淫乱な君に、女王なんか務まるわけがない」

「なっ……、何を言うの?」

「何って、さっきのおねだりを忘れたの?」

「あれは……っ」

　思い出してクレアは真っ赤になった。

『マティルダ女王の言いつけに逆らったわたしに、うんといやらしい罰を与えてください。お仕置きされたいです』

　あれは性戯にかこつけて言わされたのだ。自分の意志ではない。そんな非難を込めてウィリアムを見据える。彼はクレアの髪をなで、すくい取った髪の毛に口づけてきた。

「君はマーシア女王の情夫に籠絡されたとアルバ中に広まっている」

「——」

クレアは彼の手を振り払い、首を横に振った。まさか。そんなひどい話が母国にまで伝わっているだなんて。

ウィリアムは軽く肩を竦める。

「嘘じゃない。何日も僕に抱かれ続けて、すっかり骨抜きにされたと、マーシア軍が方々で触れまわっているからね。もうアルバのみんなが知っている」

「やめて……っ」

耳を塞ごうとするクレアの両手をやんわりとつかんで退け、彼は毒のような言葉を吹き込んできた。

「君の支持者たちは失望して、ガウリー伯に恭順を示したそうだ。故国に戻ったところで、もう誰も君を待ってやしない」

「嘘よ……！」

クレアは強く頭を振った。そんなはずはないという自負と、そうかもしれないという弱気が、自分の中でせめぎ合う。

国を思う者は皆、クレアについてくるはずだ。流言に惑わされず、クレアを信じてくれているだろう。だがその実、こんな醜態を晒していると知ったら、彼らはどう思うだろう？　それでもクレアに国を託そうと思ってもらえるだろうか？

「嘘よ――」

自分への失望を噛みしめてうなだれるクレアの背後で、ウィリアムはごろりと横になる。

「考えるのをやめてしまえばいいんだ。悩むから苦しむことになる。言われた通りにしていれば、これ以上傷つくことも、悲しむこともなくなるんだから」

「マティルダの言いなりになんか、ならないわ」

しぶとく言い返すと、背後から彼の手がのびてきた。

「まだわかっていないみたいだな」

余韻にひくついている秘裂に指先を潜り込ませ、襞をめくり、淫芯をそっとなで上げてくる。

「あっ……！」

強い快感が走り抜け、感じやすい身体がびくん！　と震えた。

「だめ……まだ、いじらないで……ぁっ、やぁン……！」

ぷっくりと勃ち上がった性感の塊を、指先でくりくりと転がされ、官能に火照った全身が大げさなほど震えてしまう。

まさぐる割れ目から新たな蜜があふれ、指先を濡らすのを感じたのだろう。ウィリアムは身を起こして、再びクレアの両膝をつかんで敷布に着くほど押し上げてきた。

「あ、……いや……っ」

先ほどよりもさらに恥ずかしい格好に頭を振る。その目の前で、ふやけた花びらに灼熱の切っ先が押し当てられてくる。彼が少し体重をかけただけで、それはぬぶぬぶと簡単にめり込んできた。

「はぁぁ……っ」

硬く膨らんだ先端に媚肉を擦り上げられ、生じた甘い痛みに全身が痺れる。ずしりとした欲望全体で奥まで埋め尽くされれば、新たな陶酔に言葉も出なくなった。

感じ入るクレアを啼かせるように、彼はゆったりとした抜き挿しを始める。

「……はぁ、……ぁっ、……ぁぁ、ぁふ……っ」

ずぅん、と奥に重い一撃を受けるたび、腰に響くたまらない愉悦に悶える。

「君に選択肢なんてない。服従するか、無理やり服従させられるか。この先はその二つの道しかないんだから」

クレアを揺さぶりながら、ウィリアムははっきりと言った。征服する身体の奥に、そうやって快楽と共に言葉を刻み込んでくる。心まで犯そうとする熱杭を、クレアの中は熱烈に歓迎し、甘えるようにきゅうきゅうと締めつける。

彼の言葉には屈しない。そう思いつつも、断続的に襲ってくる快感になす術もなく翻弄された。力強い腰の動きに、覚えたばかりの深い悦楽が掻き立てられ、燃え立っていく。

気づけば、まるでねだるかのように彼の腰に脚を絡めている。のしかかり、容赦なく熱杭で淫路を蹂躙しながら、ウィリアムは満足そうに微笑んでいた。

「さっきが初めてだったとは思えないほど具合がいいよ。いやらしく絡みついてくる」

「やぁ、……ちがう……っ」

「ちがわない。君にはこっちのほうが向いている。夫のために、かわいらしく腰を振るのがお似合いだ」

　ちがう、ちがう。自分ではそう思いつつも、狙いすました一撃でずんっと奥を抉られれば、どこまでも気持ちよくなり、またしても悦楽の極みに手が届きそうになる。

「あぁぁ……！」

　びりびりと頭の芯まで響く快感に煩悶し、みだりがましい声を張り上げてしまう。

「あぁっ、……はぁっ……」

　朦朧とした頭は、ほどなく何も考えることができなくなった。だめだ。我を失ってはいけない。このままでは彼の言う通りになってしまう。

　そう思いながらも抗うことができない。次から次へと打ち寄せる快楽の大波に呑み込まれ、淫らな所業に溺れてしまう――。

　それでいい。それでいいんだ。

　ウィリアムはくり返し、甘くささやいてくる。

　受容の言葉は耳に心地よく、抗う力を失い堕ちていくクレアを、真綿のように優しく包み込んできた。

⚜

泣きながら寝入ってしまったクレアに腕枕をし、その頭をなでながら、ウィリアムは難しい顔で少し前の会話を思い返していた。

『君の命に比べれば、どうでもいい話だろう？』

彼女に言い放った言葉は、心の底から本気だ。だが本来は「僕らの命に比べれば」と言うべきだった。そうでなければ、自分の本心がバレてしまいかねない。

（気をつけなければ）

マティルダは国中のあらゆる場所に間者や密偵を送り込んでいる。このバーンウェル城でも時折、思いがけないところで人の視線や、聞き耳を立てている気配を感じることがある。ウィリアムが元々クレアと懇意で、彼女を助けたいと考えていることが万が一にもマティルダの耳に入れば、即刻彼女と引き離されてしまうだろう。

せっかく自分に都合良く物事が進んでいるのだから、ここで台無しにしてなるものか。

ウィリアムは、すぅすぅと寝息を立てるクレアの顔を見つめた。十八歳の顔は、寝ているとまだあどけない。

（クレア……）

八年前——二つ年下の彼女が、人質としてマーシアに送られると決まった時。

自分が彼女を守るのだと、ウィリアムは子供心に勇ましく考えた。身代わりを申し出た場面では、不安よりも彼女を助けることができるという誇らしさのほうが勝った。

クレアに見送られて旅立った日は、まさに英雄になった気分でいたものだ。

(何もわかっていなかった……)

常軌を逸した嗜虐趣味の持ち主である女王の宮廷に赴くのが、どういうことであるのか。

行く先で、アルバ出身の自分がどのような扱いを受けるのか。

マーシアは大国であり、強国だ。そしてアルバは弱小国。国の中にいては見えないことが、マーシアに来てから見えてきた。力関係は歴然としていた。

アルバの宰相の息子という立場は、マーシアでは何の価値もなかった。

それからの数年間は思い出したくもない。

最初は反発した。誇りを胸に女王の暴虐に立ち向かおうとした。

しかしそれこそ女王の思うつぼだったと、後になって理解した。好みの少年の誇りを粉々に砕くのが、彼女の趣味なのだ。誇りは高ければ高いほどいい。猫がネズミをいたぶり抜いてから殺すように、マティルダはじわじわと巧みにウィリアムの心を折ってきた。

苦しい毎日の中、アルバに帰国し、クレアと結婚して父の跡を継ぐ未来だけを支えに生きてきた。しかし戦争が始まると、帰国のかなわない現実が見えてきた。

人質として役に立たなかった敵国の王族など、殺されても文句は言えない。

生き残るには誇りを捨て、女王に服従する他なかった。それだけではない。必死に女王の懐に入り込み、有用な人間と思わせる必要があった。

努力のかいあって「女王のお気に入り」の座に収まったものの、傍近くに仕えたために多くの秘密を知った。――そんな人間を、彼女が解放するはずがなかった。

十七歳になった時、育ちすぎたために『仔犬の園』から追い出された。その頃から女王はウィリアムに、自分の政敵を蹴落とすための仕事を任せるようになった。時に命を奪う仕事もこなすうち、クレアに会いたいと、それまでよりも強く思うようになった。

だがそれはもう二度とかなわないということもわかっていた。

今やウィリアムはアルバにとって価値のない人間だ。とっくに忘れられているにちがいない。王女であるクレアは今ごろ、軍事的な支援と引き換えに、どこかの国の王子と縁談が進んでいる可能性すらある。

(だが、それなら、なぜ――)

なぜ自分はここにいるのだろう？　わざわざ彼女を他の男と結婚させるため？

幾度となく自分に問い、同じ数だけ傷ついた。

それでも、十歳の少女が来るよりは自分でよかったと、心をなだめた。もしクレアだったら、人質として役に立たなくなった時点で、殺されていたのは間違いないから。

自分がこの国にやってきたのには確実に意味があった。

最後のよすがであるその誇りも、バーンウェル城で暮らすうち次第にすり減っていった。城には、女王によって死刑と定められた人間が頻繁に送り込まれてくる。中には女性や子供もいた。全財産をやるから逃がしてくれと、必死に懇願してくる者もいた。そういう人間を冷たく突き放すのも仕事のうちだ。

見も知らぬ者たちの悲鳴と死に満たされ、未来の見えない毎日をただくり返すうち、夢を見ることもやめてしまった。かなうはずのない夢に縋るのは、かえって現実を思い知ることになる。自分を追い詰め、苦しめる——。

女王から新しい囚人についての話が舞い込んできたのは、そんな時だった。


『アルバの女王を名乗る小娘を、おまえの城へ送り込む』


これが運命でなくて、何なのか。

調べたところ、クレアは叔父に嵌められて女王の座を追われたとわかった。ただしマーシア王家の血を引く王女であるため、マーシアの貴族や諸外国の手前、理由もなく殺すことはできない。よってマティルダは、彼女を殺すための口実を探している——。

これだ、と思った。これこそが長いこと考え、求めていた答え。

自分はこの事態から彼女を守るために、マーシアにやってきたのだ。自分がここで苦しみながら生き抜いたことには、大きな意味があった。

長年自分を閉じ込めていた、自問自答の深い霧が晴れ、視界は明るく開けた。

当面のアルバの政治は傀儡の国王が何とかするだろう。クレアへのマティルダの警戒についても、徹底的に服従してさえいれば避けることができる。十年……いや、五年の間、誰の目を引くこともなく静かに暮らしていれば、クレアは世間から忘れ去られる。敵にならないと知れば、女王の関心も薄れる。結婚してしまった小国の王女など、大陸の国々も用はないだろう。

彼女の命をめぐる状況は好転する——必ず、そうさせてみせる。

ウィリアムはそう胸に誓ったのだ。

(だから今は、決して女王を刺激するようなことをさせてはならない)

自分がマーシアで舐めてきた苦渋を無駄にしないために。

幼い頃に約束した、幸せな未来を手に入れるために。

そして何より彼女の命を守るために。

今は決して、クレアの軽挙(けいきょ)を許すわけにはいかないのだ。

3章　うわべだけの蜜月

その日は、昼食にも夕食にも、ウィリアムは姿を見せなかった。

めずらしいことではない。王宮へ呼び出されていたり、仕事が立て込んでいたりで、一緒に食事を取れないことは時々ある。

だがさらに就寝の時にも、支度を手伝ってくれたメアリーから「先に休んでいるように」という彼の伝言を受け、小さく首をかしげる。

「ウィリアムはどこかに出かけているの？」

問いに、メアリーは曖昧に首を振った。

「存じません。申し訳ありません……」

たとえ知っていても、口にはできないのだろう。そう察し、「いいのよ」と短く返して、言われた通り先にベッドに入る。

以前は当たり前だった、ひんやりとした敷布にほんのりと寂しさを感じた。一人で寝るのは久しぶりだ。ここに来てからはずっと、ウィリアムの体温を感じながら眠っていたから。

（今夜は帰ってこないのかしら……）

そんなことを考えるうちに睡魔に襲われ、寝入ってしまう。

ベッドがきしむ音に気づいたのは、夜も更けてからのことだった。

毛布の中に入ってきたウィリアムが、ぴったりとくっつくように抱きしめてくる。

「クレア……」

切なくひそめられた声に、夢うつつだったクレアはぼんやりと返した。

「どこに行っていたの……？」

「寒いんだ。クレア、温めて……」

まわされた両腕に力がこもる。その時、ふわりといい香りがして、クレアは一気に目を覚ました。

（——……）

それでわかった。おそらく今日、バーンウェル城に客が来たのだ。

何らかの理由でマティルダの機嫌を損ねた者が送り込まれてきて、ウィリアムは城主としてそれに立ち会わなければならず、何時間も地下で過ごしたのだろう。

そういう時、彼はいつもより念入りに入浴をしてクレアのもとへ戻ってくる。強い香りのハーブを煎じた湯に浸かるため、すぐにわかる。

いい匂いがする夫の胸の中で、クレアは距離を取ろうと身じろぎをした。

「今度はどんな些細な罪で？」

棘を含んだ声で訊ねるも、彼は気にせず、逃げようとする妻を抱きすくめてくる。

「君は温かい……」

「伴侶として意見するけど――」

「聞きたくない」

「悪事の片棒を担ぐ人間はきっと報いを受けるわ」

月並みな意見に、彼はくすりと笑った。

「もう受けてる」

「そうかしら？　多少の制約はあっても、何不自由なく暮らしているじゃないの」

「――……」

ウィリアムは答えなかった。

返答に窮したというよりも、彼の受けている報いとやらは口にできない内容なのだろう。

地下で何を目にして、何を耳にしたのかは知らない――あの女王のもとで、どれだけの悲劇を目の当たりにしてきたのか想像もつかないが、それは彼の選択の結果だ。

彼自身が、その状況から脱することを望まないのだから。

「同情はしないわ。あなたのやっていることは、まちがってる」

はっきりと言ったつもりだった。しかし思ったほど強い口調にはならなかった。

自分を抱きしめてくるウィリアムが、ひどくぐったりした様子だったためだ。顔色が悪く、いつも思いつめたような眼差しがひときわ昏くなり、ただただクレアに身体を押しつけてくる。

まるで全身でクレアを感じようとするかのように。

(温かい、温かいって……、自分はいつも冷たい態度のくせに)

心の中でぶつぶつ考えながらも、突き放すことはできなかった。ややあってクレアは、ため息と共に口を開く。

「……でも話を聞くくらいなら——」

「ごめんだね。今以上に君に嫌われるだけだ」

「今さら何よ」

強く彼の胸を押して、クレアは彼の抱擁から半分だけ抜け出した。

青ざめて、力なく目を伏せる顔を見つめ、まっすぐに伝える。

「いやなことは吐き出したほうがいいわ。自分の中に溜めこむのはよくないもの」

「慣れてるよ。もう何年もこうしてきたんだから」

「……そんなはずない。人は、自分を苦しめることに慣れたりしないわ」

「今日はずいぶん優しいんだね。調子がくるう」

そう言うと、今度はクレアの胸に顔をうずめるようにして腕をまわしてくる。甘えるしぐさにドキリとした。めずらしい。やはり今夜はずいぶん参っているようだ。

クレアは迷った末、ためらいがちに乳白色の柔らかい髪の毛をなでてみた。ウィリアムはじっとしている。さらにくり返しなでていると、眠ってしまったかのように静かになる。

しかしややあって、彼はクレアの胸に顔を押しつけたまま言った。

「……昨日、中庭でレオンに会ったのか？」

「え？　えぇ……。たまたま中庭を散歩していたら、あの子がいて、ほしいって言うから……。厨房に持っていくとジャムにしてもらえるんですって」

「レオンに抱き着かれて、君は笑っていた」

「あの子が夢中になって手をのばすから、何度もバランスをくずしてしまったのよ。そんなにジャムが食べたいのかと思ったら、おかしくて……」

「『明るくて朗らかな奥様ですね』って、メアリーにも言われた」

「そうね。最近みんなと少しずつ仲良くなれている気がするわ。それがどうかしたの？」

「いや……」

いつもの彼らしくない、ぼそぼそとした物言いで訴えてくる。

「僕を苦しめる不満を吐き出しただけだ」

「どういうこと？」

質問に、彼はまたしてもぎゅぅっと抱き着いてくることで応えた。

「寒いよ、クレア。ここは寒くて寒くてたまらない」

「本当。夜になるとことさら冷えるわ。……暖炉に薪(まき)を足す？」

「……君がいれば、それでいい」

「――――」

（……はい？）

思いがけない言葉に耳を疑う。扱いにくくて、指示に逆らうばかりの厄介な妻――てっきりそう思われているとばかり考えていたけれど……。

君がいれば、それでいい。

耳に残った声を、クレアはもう一度思い返してみた。

鼓動が大きく波打つ。

（や、やっぱり、ずいぶん弱っているようね……っ）

何の気の迷いだか知らないが、変なことを言わないでほしい。

ドキドキと落ち着かない心臓をなだめながら、恨めしくそう考える。

しばらくして自分の腕の中で寝てしまった夫に毛布を掛け直したクレアは、身じろいだ弾みに立ちのぼった香りに、軽く眉根を寄せた。

⚜

それから二週間は平穏に過ぎた。

クレアは、もうウィリアムに言い返すことも、逆らうこともなくなり、そんな妻をウィリアムも丁重に扱ってくる。態度を軟化させた彼に、クレアも少しずつ警戒を解いていき、表面上はまずまずうまくやっているといった状況だ。

この城に来て一か月。

ウィリアムからの執拗な責め苦には音を上げたが、かといってクレアの中から逃亡の意志が消えたわけではなかった。ただ内にこもっていっただけだ。ただし以前よりもいっそう慎重に振る舞うようになったおかげで、彼にそれを気づかれることはなかった。

「あら、ウィリアム――」

霧のような小雨の中、礼拝堂から城に戻ったクレアは、居間で迎えた夫に笑いかける。

「相変わらずの天気ね。寒くて、早々に引き上げてきちゃった」

ソファで読書中だったウィリアムが、本を置いて腰を上げた。

「何をしていたの？」

「礼拝堂でオルガンを弾いていたの」

その前に礼拝堂の周囲を歩いて、様子を見てまわったものの、ごく短い時間だったため怪しまれることはないはずだ。実際、彼は少しも気づいた様子がなかった。

「きれいな曲が聴こえると思ったら、君が弾いてたのか。寒かったろうに」

全体が石造りの礼拝堂は、いつ行っても氷室のように冷えている。それを知っているのだろう。ウィリアムはクレアの手を取った。

「手が氷みたいだ」

冷たさを測るつもりだとでもいうのか。彼は指先に何気なく口づけてくる。指先にふれる彼のくちびるの感触には思いがけない優しさがにじみ、クレアはびっくりして目を丸くしてしまった。

と、ウィリアムが目を上げる。

「どうかした？」

「……いえ、だって——手が……」

そこで言葉を失ってしまう。クレアは夫をぽかんと見つめた。いつもどこか憂いを帯びた、秀麗な顔を。そのうち、自分の鼓動がやけに速いことに気づく。

（なんなの？　どうして……？）

ドキドキと落ち着かない心臓に困惑してしまった。頬がじわじわと熱くなってくる。

一人でおたおたするクレアを、菫色の瞳が、まっすぐに見つめていた。

「クレア——」

手を強く握りしめ、ウィリアムは――彼もまたどこか緊張するように、声を掠れさせる。

「……もし、芝居だったらどうする？」

「え……？」

「ここに来てからずっと、君に冷たく接してきたのが、周りの目を欺くための演技だったとしたら、君は……」

「――……」

（演技？　芝居？）

つまりマティルダの不興を買わないよう、あえて冷たい態度を取り続けたということか。

驚いて、食い入るように見つめるクレアの前で、彼はぎゅっと目をつぶった。

「……いや、何でもない。忘れてくれ」

「そんなの無理よ」

「互いの安全のためだ。今言ったことは忘れてくれ」

「……わかった。忘れるわ、ウィリアム。でもひとつだけ教えて」

八年前の彼を感じさせる告白に、クレアは必死に食い下がる。

「今のは、嘘なの？　本当なの？」

「――……」

思いつめた眼差しにさらなる苦悩を浮かべて、しばらくののち、彼はぽつりとつぶやいた。

「この先、僕がどれほどひどいことを言っても傷つかないで。本気じゃないから」

「ウィリアム……」

クレアの目に涙がにじんだ。

探していた彼に会えた。その喜びと、彼が今も強いられている苦悶への憤りに、くちびるを引き結ぶ。

するとウィリアムは指先でクレアの顎を持ち上げ、吸い寄せられるように、そっとくちびるを重ねてきた。

最初は遠慮がちに、軽く。やがて少しずつ深く。

「ふ……っ」

彼のキスはいつも甘く、クレアは瞬く間に溺れてしまう。胸が痺れ、頭がぼんやりとして、もたらされる優しい感触に身を投げ出してしまう。

今、気がついた。ひどい言葉を投げつけられ、望まぬ行為を強いられたこともある。しかし彼が暴力でクレアを従わせたことは一度もない。殴られ、折檻(せっかん)されるようなことはなかった。

また城の中でそういった場面を目にしたこともない。

そこに彼の真実があるのかもしれない――

そう思えば、甘やかなキスに気持ちが搔き立てられてしまう。

「……はぁ、……っ」

くちびるの狭間から漏れた息の熱さに意識が溶けていった。気がつけば彼の首に手をまわし、クレアは夢中でキスに応えていた。

ウィリアムもクレアの背中に腕をまわし、気持ちが昂るままに強く抱き寄せてくる。熱と心地よさに身を任せ、ひたすら想いと官能を分かち合う。

（ウィリアム――……）

キスだけで、どこまでも高く昇り詰めてしまいそうな気分だった。

しかし、その時。

突然、樫材の立派な居間の扉が、ガンガンと強くノックされた。さらにメアリーの慌てる声がする。

『旦那様、旦那様……！』

「…………っ」

驚いてキスを中断し、クレアはウィリアムと見つめ合った。やがて彼は厳しく表情を引き締めて扉に向かう。

「どうしたんだ？」

扉を開けながらの問いに、メアリーの上ずった声が応じた。

「陛下です……！」

部屋の中に入ってきた彼女は、玄関のほうを指さして訴えた。

「陛下が、急にお越しになられて、今……！」

名前を聞いただけで、クレアは冷水をかけられたような気分になる。

（マティルダ女王が？　ここに？）

そして再びウィリアムと見つめ合う。

めったにないことなのか、彼も困惑しているようだ。手早くクラバットを調え、上着を身に着けながら、メアリーに指示をした。

「すぐに応接間にご案内して――いや、いい。僕が行こう」

そしてクレアを振り返る。

「身支度があるだろうし、君は後から来てくれてかまわない。でも陛下は待たされるのがおきらいだから、あまり遅くならないように」

「……わかったわ」

正直、必要なのは身支度というよりも心の準備だ。

クレアをその場に残し、ウィリアムは廊下に出ていく。

「陛下。わざわざおみ足を運ばれなくとも、お召しいただければすぐ伺いましたのに――」

廊下に出たウィリアムの声にかぶせるように、高く朗らかな、女性の笑い声が聞こえてきた。

「――……」

どんな人なのだろう？　他国の民を踏みにじり、自国の民からも残酷だと恐れられる女王とは。

ひとつ大きく深呼吸をすると、クレアは決意を胸に廊下に出て、応接間へ向かった。

応接間の扉は完全には閉まっていない。ノックしようとしたところで、女性の声が聞こえてくる。

「それで？　小娘の様子はどうだい？　おまえの立派なもので毎晩啼かせているのか？」

「新婚ですので人並みには」

「アルバから戻った将軍が、小娘をやたら褒めていたのでな。つい気になって見に来てしまった」

「愚かなことを。女王陛下のお耳に入れるほどのことではありますまいに」

「耳障りなので将軍は辺境へ飛ばしてやったよ」

「当然です」

「だが気になるではないか。おまえからはろくな報告がないし」

「この頃は大人しくしておりますし、祖国に帰りたいとも言わなくなりましたので、報告するようなことは何も……」

クレアの眉間に皺が寄った。わかっていたことだが、ウィリアムはやはり女王の命令でクレアを監視しているのだということを思い出したのだ。

おまけにこの、何ともくだけた会話の雰囲気は何だろう？　気心の知れた者同士とでもいうかのような。

（……忘れていたわ）

クレアの夫である前に、マティルダの臣下だと、以前ウィリアム自身も言っていた。見せかけの夫婦の仲に浮ついている場合ではなかった。マーシアを出ない限り、自分たちが本物の信頼関係を築くことはありえない。

苛立ちを押し殺し、冷静さを取り戻す。クレアは意を決して扉をノックした。

「失礼――」

応接間へ入っていくと、室内の目がいっせいに集まった。クレアはその中を、臆することなくゆっくり進んでいった。

三人掛けのソファの真ん中に女王が腰を下ろしている。

四十を過ぎているはずだが、とてもそうは見えないほど若い。彼女は足を高く組み、癖の強い鮮やかな赤毛を指先に絡めていじっていた。濃い緑の瞳がおもしろそうにクレアを眺めている。

身に着けているのは豪奢なモスグリーンのドレス。髪の毛によく映えている。その後ろに十四、五歳の少年が立っていた。こちらは金髪で、目を引く美しい少年である。

ウィリアムは女王の足元に、片膝をついてかしこまっていた。その姿がひどく腹立たしい。

アルバでもマーシアでも、臣下の女性は主君に対し軽く腰をかがめるのが礼儀だが、クレアは女王の前で、あえて立ったまま儀礼的な微笑みを浮かべた。

「アルバ女王クレア・オブ・ローズ＝ベルニシアです。以後よしなに」

「無礼者！」

マティルダの背後に立っていた美少年が居丈高に言う。が、彼女は片手を上げてそれを制した。そしておもむろに口を開く。

「アルバの今の国王は、おまえの叔父のガウリー伯だ」

クレアは小首をかしげた。

「それは異なこと。失礼ですがマティルダ様にとって王権とは人が定めるものでしょうか」

切り返しに、マティルダが緑色の目をすがめる。

「……否。妾は神の意志によって玉座に就いた」

「同感です。わたくしが王位を得たのも神の意志。わたくしが生きている間は、何人たりともその権利を侵すことはできません。……失礼」

クレアは許可を求めることなく、マティルダのソファから少し離れたところにある、一人掛けのソファに静かに腰を下ろした。

ウィリアムが険しい目をこちらに向けてくる。逆にマティルダは、くちびるの端を持ち上げた。

「この頃は大人しくしている、ねぇ……。これだから男は当てにならぬ。ウィリアム、よもや色香に惑ったのはおまえのほうだというのではなかろうな？」

彼が答える前に、クレアは柔らかく返す。

「彼の言葉通り、マティルダ様がいらっしゃるまでは大人しくしておりました。ここはやることが何もないのですもの」

「新婚の夫に抱かれて日夜いやらしく腰を振っているそうではないか。偽の女王には似合いだ」

「仰る通り、夫と愛し合うのはわたくしの歓びですが——それがわたくしのすべてとは思わないでください」

「なに？」

「アルバの女王がいるべき場所は、ここではありません」

「クレア！」

ウィリアムが鋭い声で叱りつけてくる。

「いいかげんにしろ。不敬だぞ」

その前で、マティルダは声を立てて笑い出した。

「処刑の口実を見つけなければならないものの、従順な娘であったらボロも出すまいし面倒だと思っていたところだ。安心した。この娘は羊の皮をかぶった鹿。遠からず狩人の目を引いて射殺されるであろうよ」

挑発的なニヤニヤ笑いを、クレアは悔しさを押し殺し、まっすぐに見つめ返す。

するとマティルダは、さもついでとばかりに軽く続けた。

「そうそう。おまえが頼みにしていたガリシニアとバロワからの援軍だが、こちらから政治的に働きかけて兵を退かせておいた。もはやアルバに兵を貸す国はない。これであきらめもつこうぞ」

「――……っ」

クレアの眼差しがますます険しくなる。それを満足そうに見つめてから、彼女は腰を上げた。

「気がすんだ。ウィリアム、そろそろ失礼しよう」

「妻のご無礼の段、なにとぞご容赦ください」

「かまわぬ。どうせもう二度と会うこともないだろう」

そう言い放つと、クレアには目もくれずに扉へ向かう。緑の目は、ただウィリアムに向けられていた。そしてウィリアムもまた、女王しか目に入らないとでもいうかのように、彼女だけを見つめて恭しく付き従い、応接間を後にする。

(何よ——)

一人取り残されたクレアは、膝の上でこぶしを握りしめた。

会ったら言いたいことが山ほどあったというのに、ろくに口にできなかった。

もっともっと、今までの理不尽な仕打ちについて、様々な角度から非難を浴びせようと思っていたというのに。

(何て情けない！　どうして簡単に席を立たせたりしたの……!?)

自分自身に対して腹を立て、心の中を探るうち、ウィリアムが彼女の前で絶対服従のような態度を取っていたせいだと気がついた。

クレアに対しては、言うことを聞かせようとするばかりだというのに。

クレアを苦しめる人物に対して、ほんの少しも礼を失することがないように気を遣うだなんて。

おまけにクレアのほうを見ようともせず、ただ彼女だけを仰ぎ見ていた。今この場で大事なのは女王だけで、妻など二の次だとでもいうかのように！

「――……」

握りしめたこぶしの上に、涙が一滴、二滴とこぼれ落ちる。

『誰よりも近くで、君を守るため――』

先ほどささやかれた言葉に舞い上がった自分は何と愚かだったのか。

(嘘つき……！)

勢いよく立ち上がったクレアは、応接間を出ると、マティルダたちが向かった船着場とは逆の方向に歩いていった。城の裏手に向かい、使用人たちの通用口から堂々と外に出る。

そこには小さな菜園が広がっていた。菜園の向こうはもう湖である。

菜園の通路に踏み出したとたん、霧のような小雨と冷たい空気に包まれた。ここでは視界が晴れることがほとんどない。

「はぁ……」

水を含んで柔らかな土の道を進み、湖のほとりに立つ頃には、血が上っていた頭も少し冷えていた。その時、背後からウィリアムの厳しい声が飛んでくる。

「何をしてるんだ!?　外に出るなと言っただろう」

「来ないで！」

クレアは振り向かず、前を向いたまま答えた。その手首を、駆け付けたウィリアムがつかんでくる。

「どこへ行くつもり?」

「どこへも行かないわよ。行けないもの!　あなたのほうがよく知ってるでしょう!?」

つかまれた手を振りほどこうとして暴れる。すると、彼はそんなクレアを無理やり抱きしめてきた。強く抱きすくめ、動きを封じてくる。クレアはますます暴れた。

「いや!　いや!　放して!　嫌い!　大っ嫌い!　バカ!」

「知ってるよ!」

怒鳴ったウィリアムが、やけくそのように続ける。

「君が僕を嫌いなのはよく知ってる。それだけのことをしてる自覚もある。でもダメだ。絶対に逃がしてやれない」

「あなたを信じられるかもしれないなんて、一瞬でも思ったわたしがまちがってた……!」

クレアがどれほど暴れようと、彼の強い抱擁はまったく緩まない。余計に苛立ちを募らせ、全力で抗うクレアの耳に、その時。

「愛してる――」

思いがけない言葉が飛び込んできた。

「愛してる。愛してる。愛してる……!」

ぎゅうぎゅうと、息苦しいほどの力で抱きしめられる中での突然の告白に、クレアは耳を疑う。

「な……っ」

力ずくで自由を奪っておきながら、彼はますます狂おしくささやいてくる。

「君は僕の生きる希望そのもの。再会するなんて無理だってあきらめていたのに、また会うことができた。だからもう絶対に手放したりはしない……！」

奔流（ほんりゅう）のようなその告白に、はじめのうちは怒って暴れていたクレアも、あっけに取られてしまった。

聞きまちがいか。あるいは、興奮するクレアを落ち着かせるための、適当なでまかせか……。

最初はそう思ったものの、拘束してくる力の強さと、頬にふれる鼓動の速さと、滑稽なほどの声の必死さに――言葉が胸に響いてくる。

気がつけば、クレアは抵抗を止めていた。ウィリアムは切々と訴えてくる。

「ここで君を死なせたら、僕は生きていけない。命に代えても守ってみせる。だから逃げようなんて思わないで……」

「に……逃げるつもりなんか、ないけれど……」

もごもご返したところ、それまで切なげだった彼の声が一段低くなった。

「君がまだ逃亡をあきらめてないことに、僕が気づいていないとでも思った？」

　ぎくり、と心臓がこわばる。そんなクレアを抱擁する彼の腕から、少しだけ力が抜けた。

「覚えておいて。僕は君を愛してる。だから守るためなら何でもする。君が望まないことも、君を守るためなら厭わないから」

「そんな……」

「君は……僕を嫌っていい。呪ってくれてもかまわない。だから——だから逃げないで。ここにいて。死なないで。頼むから……っ」

　頬に押しつけられた胸からは、彼の鼓動と、絞り出すような声と、ただひとつの真意が伝わってくる。

　今まで冷たく接してきたのも、何もかも、クレアを守るため。他には何も望まない。そんな思いがじかに流れ込んでくる。

　思いがけず吐き出された真意は、目が眩むほどうれしかった。だが——

「……わたしを大事に思う気持ちより、マティルダへの忠誠のほうが勝るんでしょう？」

　彼の腕の中でクレアは胸の内のもやもやを吐き出す。

「クレア——」

「そうでないと言うのなら、どうしてわたしを見なかったの？　あの人といる時のあなたは嫌い。まるでわたしなんかいないみたいに、一顧だにしないんだもの……」

「マティルダは、自分があらゆる注意を引いていないと気がすまないんだ。少しでも他の人間に注意が逸れると、たちまち不機嫌になる。だから……」

「今さらでしょう。わたしは今日、彼女にケンカを売りまくったわ」

胸板に頬を押しつけたまま、くぐもった声で言うと、ウィリアムが決然と答えてくる。

「何とかする」

「……できるの？」

対面した印象では、真っ向から反論したクレアに相当おかんむりの様子だったが。

そんな懸念に、彼は「心配ない」とうなずく。

「八年間、あの女王の機嫌を取り続けてきたんだ。その経験を総動員して何とか収めてみせる」

そしてクレアの髪に頬を押しつけてきた。

「クレア、愛している。どうかその気持ちだけは信じて。君を失いたくないんだ。だから余計なことはしないでほしい」

「……やっぱり、あなたはずっとわたしを守ってくれていたのね。気がつかずに責めたりしてごめんなさい」

余計なことをするなという願いは受け入れることができない。

しかし彼の真意を知ることができて――それが、これまで貫いてきた彼へのクレアの想いと重なり合うことは、うれしくてたまらない。

「ウィリアム、わたしもずっとあなたのことが好きだった。あなたの妻になれてよかったと、今は思うわ」

「クレア……」

ウィリアムは少し身を離し、間近から見下ろしてきた。その顔が近づいてくる。憂いを帯びた美貌にうっとりと見とれている間に、くちびるがしっとりと重なった。

しかし幸せなキスは長く続かない。

彼はほどなく厳しい顔に戻り、陰鬱な城を見やった。

「中に入ろう。ここにいるのが誰かの目につくと厄介なことになる」


寝室になだれ込んだ二人は、服を脱ぐのももどかしく、互いのくちびるを貪り合った。

クレアを寝台に横たえてからも、ウィリアムは覆いかぶさるようにして深いキスを延々と続ける。そのように長く激しく口づけられるのは初めてであったため、クレアの気持ちも高まる一方だった。

キスをしながら、彼はクレアのドレスの前を開いていく。首筋や鎖骨に舌を這わせてさんざん焦らした後、彼はようやく双丘に小さなキスを降らせてきた。

「……ぁっ……」

軽く吸われるたびに上体がひくつく。ちゅっ、ちゅっと、密やかに、優しく響く音にうっとりする。手でやんわりと押しまわされると、身体の芯が甘く疼き、切ない息がこぼれた。

「はぁ……っ」

「クレア。かわいい……」

尖り始めた先端を指先で転がされ、儚く喘ぐ。

その間にも、空いているほうの手がクレアの期待を煽るように、腰や背中を絶え間なくなでまわしてくる。

気持ちを通い合わせての行為はこれまでになく甘美で、クレアはうっとりと愛撫の心地よさに身を任せた。

「どうして……結婚式の日からしばらく、最後までしなかったの……？」

「そりゃあ……」

手のひらで包んだ膨らみを緩やかに揉みしだきながら、彼は少し神妙な口調で応じる。

「ただでさえ無理やり連れてこられて、急な結婚を強いられた君に、さらに乱暴するような真似ができなかったから」

「ウィリアム……」

胸の内で感動があふれ、クレアは彼の頬に手を添えて引き寄せると、自分からキスをした。

くちびるがふれるだけの軽いキスに、くすぐったそうにしながら彼は続ける。

「それに、君にひどくするよう求めてきたマティルダへの反抗心もあった」

クレアをかばいながら、さも痛めつけているように報告してマティルダを欺いた。そうやって命令に背くことへの暗い喜びを味わっていたという。

「でも、少しずつ快楽を覚えて花開いていく君の姿に、我慢ができなくなって……。あと、いくら言っても君が逃げようとするからさ」

一線を越えたのは、クレアが手の内からいなくなることへの焦りが大きかった。身体をつなげば、心もつなぎ止められるのではないかと考えてしまった。

ウィリアムはクレアの額に額をくっつけ、目を閉じた。

「でも、君にとっては不本意だったろうね。すまなかった」

「あなたから逃げようとしたわけじゃないわ。…………逃げる時は必ず、あなたも一緒よ」

クレアは真摯に訴えた。しかし説得の言葉を続ける前に、彼はくちびるを塞いでくる。

あらゆる言葉を呑み込むように、忍び込んできた彼の舌はクレアの中を淫らに愛撫し、優しく吸いたててきた。弱い場所を心得た巧みな舌に、下腹の奥がうずうずと甘く焦れる。

「んっ……ぅ、……っ」

穏やかな、けれど断固として快楽から逃さないキスは、何もかも忘れて溺れてしまいそうになるほど甘い。まるでクレアを手の内に留めようとする彼そのもののようなキスだ。

流されてはいけないと思いつつ、クレアは息をするのも忘れて長い口づけを堪能した。

官能に燃え立った身体が欲深く疼く頃になって、ウィリアムは名残惜しそうにキスを終わらせ、クレアの両膝を押し上げてくる。くち、と蜜口の開く音がした。

「たっぷり濡れてる」

淫唇を目にした彼はそう言い、火傷しそうなほど熱い切っ先を押し当ててくる。

「誰かさんがいやらしいキスをするからよ」

「僕が手間暇かけて、君の身体をいやらしく教育したからね」

熱っぽい声でささやきながら、彼はぐぷっと欲望を沈めてきた。

とろとろに蕩けた蜜路を熱杭で押し開かれ、クレアはなまめかしく喘ぐ。反り返った逞しい欲望が、ずぶずぶと力強く埋め込まれてくる。

「あ……、ぁ……、深い……」

まるで全身を貫かれてしまいそうなほど、みっしりとした圧迫感で奥まで満たされた。たちまち媚肉が、恥ずかしいほど貪欲に絡みつく。

クレアが手をのばして抱き着くと、彼は強く抱きしめ返してきた。クレアの胸が二人の間で潰れるほど激しく。

「ウィリアム………」

快楽に蕩けた目で見上げると、「ん？」と情熱に掠れた声が応じた。彼自身で濡れ襞を擦る快感を堪能しながら、菫色の瞳がじっとこちらを見つめてくる。

抱きしめ合った体勢のせいか、腰が打ち付けられるたび、硬く勃ち上がった淫芯が彼の下肢に擦られる。泉のように快感があふれ、奥まで貫かれた腰がびくびくっと跳ねた。

「あ、だめっ、……これ、強い……っ」

縋りついた身体は、わかっているのか、いないのか、相変わらず抽送を続けてくる。

ふいに、ずぅんっと奥深くまで突き込まれ、下腹で淫らな熱が燃え立った。全身からドッと汗が噴き出し、ぶるぶると震えてしまう。

「はぁっぁぁ……！」

「気持ちいい？」

「あぁっ、……き、気持ちい……いい……っ」

互いの想いを重ね合わせた今、激しい欲望をぶつけられれば、身体だけでなく心まで甘く痺れてしまう。快楽を拒否する気持ちがなくなったためだろう。どこまでも心地よさに身を委ね、浸ることができた。

うねる蜜路をみっしりと満たした熱杭が、その状態で腰を押しまわしてくる。

「やぁぁ、ぁン……！」

奥の性感と、接合部とをねっとりと捏ねまわされたクレアは、迸る快感に頤を上げて苦悶した。

密着している肌が熱い。匂いたつ互いの汗にも興奮してしまう。

にちゃにちゃといやらしい音を立てて、押しまわされた欲望に奥を抉られるたび、うねるような快感が弾けた。彼の腰に脚を絡ませたクレアは、がくがくと大きく身悶える。

「クレア、愛してる……」

きつく背を反らせたままの腰をつかんで、彼は奔放に突き上げてきた。貫かれた花弁がぐちゅぐちゅと耳を塞ぎたくなるような音を響かせる。

逞しい欲望が、ひときわ深く奥までねじ込まれてきた時、飢えた内奥をずしりと重く抉られ、瞬く間に快楽の極みに達してしまった。

「あっぁぁぁぁ…………！」

身体中に響き渡る歓喜に、肌という肌がびりびりと粟立つ。のけ反らせた身体が淫らに痙攣する。

蜜路の悩ましい締めつけに抗えなかったのか、ウィリアムの欲望も奥で弾けた。しかし雄茎は逞しいまま、クレアの中をゆったりと味わい続ける。

「はぁっ……、あぁン……、ぁふ……っ」

達して間もない身体を揺さぶられ、乱れた息の合間から、クレアは再び淫らな声を漏らし始める。

「ようやく、本当の意味でひとつになれた。クレア……っ」

ウィリアムのささやきには、のめり込むような響きがあった。

ほしいものは、ひとつだけ。それ以外は何を失ってもかまわない。

そんな想いが刺さる言葉にクレアは首を横に振る。

ウィリアムと想いを通じ合わせることができてうれしい。今や彼に抱かれるのは至福としか言いようがない。

しかしクレアは、他にもほしいものがあった。決してあきらめてはならないものが。

(ウィリアムの気持ちを知ることができてよかったけど……、問題は何も解決していないわ)

彼はマティルダの目を引かないよう、クレアをここで大人しくさせておきたい。

クレアは何が何でもアルバに帰国しなければならない。それもウィリアムを連れて。

想いは重なっても、互いの立場と希望はどうしても重ならない。

もしウィリアムが、クレアがアルバの女王であることを認めず、あくまで帰国を阻むというのであれば、残念ながら味方と考えることはできない。

「ね、ウィリアム……、改めて、話したいこと、が……っ」

快感に揺さぶられながら、クレアは吐息交じりに呼びかける。と、敏感に内容を察したのだろう。彼は首を振って乳白色の髪を揺らした。

「逃亡の相談には乗れないよ」

「そんなことを言わないで。お願い、協力……あっ、ぁあっ、ぁぁ……！」

しゃべらせまいとするかのように、突然、彼の腰遣いが荒くなる。激しくなった官能のうねりから逃れようとするも、クレアの身体は歓びに沸き立ち、意に反してあさましく応じた。

「あぁっ、……ダメ、そんなっ……激し、……はぁ、ぁっ……！」

波のように容赦なく、次々に襲いかかる恍惚に煩悶する。困惑と快楽に混濁した意識の中、漲る欲望を奥深くまで突き込まれ続けたクレアは、とうとう高みへ昇り詰めてしまう。

しかしウィリアムの欲望が果てるまでには、まだ足りないようだった。余韻に浸る間もなく、くたりと力を失ったクレアの身体を、彼はひっくり返してうつ伏せにしてくる。

「ま、……待って……、まだ……っ」

息も絶え絶えに言うも、これ以上ないほど屹立を漲らせたままの彼が、許してくれるはずもない。クレアの腰を持ち上げ、大きく尻を突き出す格好にさせてから、ウィリアムは艶めいた声でささやいてきた。

「君は何もかも忘れて、気持ちよくなっていればいいよ。後のことは全部、僕に任せて……」

絡みつくような誘惑と共に、隆々とそそり立つ怒張が、ぬぶぬぶと押し沈められてくる。

「ふ、ぁぁぁン……！」

先ほどとはちがう角度で蜜襞を抉られ、クレアは強い快感にぞくぞくと肌をわななかせる。

結局、その日から二日間、彼は延々クレアを貪り続けた。

体力の尽きたクレアが人形のように大人しくなっても、互いの体液でベタベタになった身体を風呂に入れて清めながら、巧みに官能を掻き立ててくる。若いクレアの身体はそのたびに淫欲を取り戻し、夫の手管の前になす術もなく抱かれ続けた。逞しい身体にしがみつき、はしたない声で啼きながら、気がつけば淫らに腰を振ってしまう。

「ウィリアム……、ウィリアム……っ」

次第に余計なことは何も考えられなくなり、夫の名前だけを呼び続け——最後にはそれすらもなくなり、ただただ喘ぐばかりになる。

その激しさは、一時クレアが完全に現実を忘れてしまうまでに執拗だった。

⚜

数日後——クレアがバーンウェル城に来て以来、最も大きな異変が起きた。
それは、まったくふいの出来事だった。

夜、クレアがいつものように、ウィリアムが来る前にメアリーに身支度を調えてもらい、就寝の準備をしていた時のこと。

洗面の用具を片付けるためメアリーが部屋を出た直後、どこからか、押し殺した男の声が聞こえてきたのである。

「陛下――」

髪の毛をいじっていたクレアは、ふと手を止める。すると声は再び響いた。

「陛下、そこにおいでですか」

鏡台の前に座っていたクレアは、ゆっくり部屋の中を見回す。

「誰……!?」

すると、かすかにきしむ音と共に扉が開き、滑るように三人の青年が入ってきた。どれも見覚えのある顔である。クレアは空色の目を瞠った。

「ノーマン!? それにライアンと……ケヴィンまで……」

呼びかけに応じるようにして、三人は部屋を突っ切って近づき、クレアの前に跪く。深く頭を下げ、苦渋を噛みしめる声音で、彼らは訴えてきた。

「ご無事を心よりお祈りいたしておりました……!」

全員、アルバの名家の貴公子たちである。即位したクレアに忠誠を誓い、マーシアとの戦争においては先頭に立って戦った、勇気ある若者たちだ。

「一体どうやってここへ……!?」

「湖を泳いで渡り、城の地下から忍び込みました。この城には、正面の船着場とは別にもうひとつ、地下にも古い船着場があるのです。昔――百年以上前にアルバ人の囚人がそこからの逃亡に成功したため、今はただの係留場になっているのですが……」

「係留場……。やはり地下にあったのね……」

三人は濡れた髪の毛でうなずいた。

「ここを抜け出して帰国を果たしたアルバ人の囚人による記録を発見したため、この作戦が立てられました。そして昨夜、実はケヴィンが一人で湖を渡ったのですが――」

ノーマンの言葉に、ケヴィンが誇らしげに続ける。

「調べたところ、地下の様子が記録の通りであることや、見張りなどのいないことが判明したため、実行可能と判断しました」

「そう……」

「お待たせして申し訳ありませんでした、陛下。本当はもっと早くお助けしたかったのですが、事は慎重を期す必要があったため、こんなにも時間がかかってしまいました」

貴公子たちは口々に訴えてくる。

「アルバは以前よりも危機的な状況です。重税に加えて冷害に見舞われ、作物も家畜も育たずに民は飢えています。病の被害も深刻で、ただの風邪で全滅した村もあります」

「王を僭称するガウリー伯は、そういったことにまるで頓着せず、宮廷でマーシアの貴族たちを重用するばかり。一刻も早く手を打たなければならないというのに、我々は勝手に動くことを許されておらず、何をするにもマーシアの貴族たちの裁可が必要なのです」

「マーシアの貴族は賄賂を渡さない限り、指の一本も動かそうとしません……っ」

頭を下げたままの三人の声が震える。絶望的な祖国の窮状に居ても立っても居られず、こうして行動を起こしたというのだ。

その志と、差し出された希望に、クレアの胸は高鳴った。

「本当に……誰にも気づかれず、ここを抜け出すことができるの？」

「は！」

貴公子たちがいっせいに顔を上げた。

「我々にお任せください。必ずや陛下をアルバまでお連れしてご覧にいれます」

頼もしい言葉に、クレアも大きくうなずく。その時――

「そんなわけないいじゃないか」

「――……!?」

突然響いた冷たい声に、三人は弾かれたように立ち上がった。

「誰だ!?」

ノーマンが誰何した瞬間、パン！　と、鋭い破裂音がして、彼の身体がぐらりと傾ぐ。

そのまま倒れて床に横たわった彼は、茫然と目を見開いたまま動かなくなった。胸ににじんだ血が、じわじわと広がっていく。

一瞬にして彼の命が奪われたことを知り、クレアの喉が変な音を立てた。縋るものを求め、後ろ手をついて鏡台によりかかる。ひどく脚が震え、そうでもしないと立っていられない。

のろのろと振り返れば、部屋の入口でウィリアムがピストルを構え、ゆっくりと入ってくるところだった。ライアンが口を開く。

「ウィリアム!? おまえウィリアムか……!?」

「ライアン、久しぶりだ。ずいぶん痩せたな。子供の頃は太ってたのに」

軽く応じる彼に、ケヴィンが喘ぐような声を出す。

「おまえ……おまえ、なんで……ノーマンを……!?」

「最低ひとつは遺体が必要だからだ」

「なん……っ」

ぼんやり立ち尽くす貴公子たちの前で、ウィリアムは悠然と、撃った銃の中に再び弾を込める。

そしてそれをライアンとケヴィンに向けた。

「クレアから離れろ」

「ウィリアム！　やめて！」

クレアは悲鳴を上げて二人の前に立つ。しかし銃口は動かない。

「自分たちが気づかれずに忍び込んだなんて、本気で思っているのか？　罠に決まってるじゃないか、無能どもめ。マティルダは兵士たちに常時この湖を見張らせている。なのにおまえたちは、ここまで泳いで渡ることができた。それがどういうことなのか、わからないのか？」

「――……」

ライアンとケヴィンが黙り込む。

彼の言うことが本当なら、マティルダはクレアに逃亡の罪を犯させるため、あえて救出に向かう男たちを邪魔しないよう兵士に命じていたということだ。もしクレアが彼らの手を取り、うっかり湖を渡ったら、湖岸に着いた瞬間にマーシアの兵士たちに囲まれるにちがいない。

「助けに来ただと？　笑わせるな。おまえたちはノーマンだけでなく、クレアも含めて死体を四つ作るために、わざわざここに来たも同然だ」

ライアンが恨みがましくウィリアムをにらんだ。

「……おまえが協力してくれれば、結果は変わるかもしれない」

「断る」

「なぜだ！」

「たとえ僕が協力しても、結果は変わらないからだ」

「……噂は本当だったんだな。おまえはマティルダの情夫になり下がって、あの女に気に入られるために懸命に尻尾を振ってるって――」

「何とでも言え」

冷然とした反応に、ライアンがかみつく。

「アルバの誇りはどうした!?　弱きを守り、強きにこそ立ち向かう我々の誇りは！」

「そんなもの犬にくれてやったよ」

「ウィリアム、おまえ……！」

「誇りでクレアは守れない!!」

激する二人をして黙らせる、雷のような怒声がその場を圧した。

「いいか。僕は地獄のような宮廷で八年を過ごしたんだ。だからよく知っている。誇りを持つ者から死んでいった。マティルダには従わなければならない。最悪なことに彼女は非常に頭が切れる。今まで数えきれないほどの人間が、彼女に逆らって死刑宣告を受けた後、助かろうと悪あがきを試みた。だが誰一人成功した例はなかった。みんな死んだ！」

吐き捨てるようにまくしたてながら、ウィリアムは少しずつクレアに近づいてくる。

「マティルダに死を望まれている人間が助かる方法は、ただひとつ――服従し、大人しく暮らすこと。それだけだ。他にない」

「この……卑劣な臆病者め！」

二人に向けられた銃口はぴくりとも揺るがない。とうとう利き手ではないほうの手でクレアを引き寄せ、背にかばうと、ウィリアムは断固として言った。

「出ていけ」

「でも……それでは二人が捕まってしまうわ。ねぇ、何とかしましょう？」

彼の肩に手を置くも、「無理だね」と無情な答えが返ってくる。

「僕はここで侵入者を一人撃った。それに驚いた残りの侵入者たちは、目的を達する前に逃げた。――そういうことにすれば、少なくともクレアは処刑されずにすむ」

「ウィリアム……」

「僕は、クレアを守るだけで手いっぱいだ。すまないが二人で出ていってくれ」

ライアンとケヴィンが、黙ってウィリアムを見据える。その時、廊下が騒がしくなりマーシアの兵たちが駆けこんできた。

「グレスモント公、お呼びだとうかがいましたが……」

「侵入者だ。捕らえろ」

簡潔に命じた後、兵士たちへ不満そうに問う。

「湖を見張っていたんだろう？　君たちの目は節穴か？　僕が気づかなければ、妻は誘拐されていたところだ」

「……面目次第もございません」

兵士たちは微妙な顔で謝罪した。ウィリアムの言葉が本当なら、彼らは女王から、不審者の侵入には目をつぶれと言われていたはずだ。

乱暴に連れ出されながら、ライアンとケヴィンが声を張り上げ、こちらに向けて必死に訴えてくる。

「陛下、希望を失ってはなりません……！」

「どうか生きて、いつか必ずアルバをマーシアの魔手からお救いください……！」

「……待って、ダメよ」

思わず後を追いかけたクレアの腕をつかみ、ウィリアムが兵士を急かす。

「早く連れていけ！」

「待って……っ」

連行された後、彼らはどうなるのか。そう考えると、到底黙って見送ることなどできない。

しかしウィリアムが身体を張って遮った。

「よせ！　まだわからないのか！」

「あなたこそ！」

クレアは激しく頭を振る。

「彼らはアルバの窮状を見かねて、危険を冒してこんなところまで来てくれたのよ!?　それなのにあなたは、ノーマンを……!」

「君の命を守るためだ」

「殺す必要はなかった!」

「君を守るために、どうしても必要だった!!」

彼らしからぬ大声に、クレアはびくりと身を竦ませた。

怯えた目で見上げるクレアを、彼は冷たく見据えてくる。

「これが、君が意図した救出劇ではないことの証として、最低ひとつは遺体がいる。もちろん侵入者は全員捕らえなければならない。だから……レオンに命じて、すぐに兵を呼びに行かせたんだ」

「どうしてそんなことを……」

つかまれた腕を振り払い、クレアは最愛の夫を見上げる。近づいたと思ったら遠ざかる、愛しい人を。

「どうして何かを試みる前にダメだと言うの?　あなたが協力してくれれば――みんなでよく考えれば、道は見つかるかもしれないのに。どうして試しもしないで努力を放棄するの!?」

「失敗したら、どうなるか考えたことがあるか?」

彼は依然として厳しい顔で応じた。

「僕には想像がつく。マティルダは、ライアンとケヴィン、それに僕の拷問を君に見せるだろう。そして君の前に紙とペンを置いて言うんだ。『私、アルバの元女王がマーシアとの和平条約を一方的に破棄し、戦争の原因を作りました。よってマーシアの勝利と支配は正当なものだと受け入れます。また戦争を起こした責任は全面的に自分にあることを認めます』と書けと」

アルバが一方的に悪かったのだと諸外国に示し、干渉の隙を与えないために。

だがクレアがそんな文書を遺して処刑されれば、アルバは女王だけでなく、マーシアの支配に抵抗する権利すら失うことになる。

「そうなったとして、君はマティルダの要求を拒めるか? 今、黙って二人を見送ることすらできなかった君が、僕を含めた三人を拷問から解放するのと引き換えに、国を売ったりしないと言い切れるのか?」

畳みかける問いに、明確に答えることはできなかった。

クレアは力なく反論する。

「……必ずそうなるとは限らないわ。全部あなたの推測よ」

「なる。何度も言うが、僕は今までさんざん女王のやり口を見てきたんだ。その僕に、どうして逆らう努力をしないのかと、君は訊いてくる」

「ウィリアム……わたし、――わたしは、アルバの女王なの。あの国の人たちを守るために、何としても帰らなければならないの。お願い、協力して」

互いに黙って見つめ合った。

どうしてわかってくれないのかと恨めしく思ってしまう。しかし彼の目を見れば、それがお互い様であることは一目瞭然だった。

ウィリアムは嘆息すると、クレアを軽く抱きしめる。

それでも自分たちは夫婦なのだと示すかのように。

「……ちょっと出かけてくる」

「今から?」

「色々と事後処理がある。それに今回の件は君の意図したものではなかったと、兵士たちにも改めて説明しなければならないし」

身を離した彼は、クレアの部屋のみならず、城からも慌ただしく出ていった。

暗い宵闇の中、カンテラの明かりだけを頼りに船で漕ぎ出していく姿を、部屋の窓から静かに見送る。

「――……」

クレアは意を決すると、三叉燭台(さんさ)の蝋燭に明かりを灯し、黒い外套をまとって部屋を出ようとした。

城の地下が船着場になっており、そこからやってきたというノーマンの言葉を思い出したためだ。もしそれが本当なら、ウィリアムがいないうちに自分の目で確かめておきたい。

扉の前で廊下の気配に耳を澄ませたところ、誰もいないようだ。念のため音を立てないようにそっとノブを下ろし——そこでクレアはあることに気づく。

扉がびくともしない。外から鍵がかけられているのだ。

「ウィリアム……！」

力まかせに扉を叩いて、クレアは悲痛な声を張り上げる。

彼を信じられないこと。

そして彼に信じてもらえないこと。

彼を愛している分、そのどちらもが胸に刺さり、たまらない痛みを発し続けた。

⚜

兵士たちと事後処理をするうち、ウィリアムは王宮へ向かうことになり、その日はそこで一泊した。

そして朝になると、マティルダの支度が調う時間を見計らって『仔犬の園』に向かう。

間髪容れずに自ら説明に赴くことで、後ろ暗いことは何もないと示すためだ。

女王に拝謁したウィリアムは、簡潔に経緯を報告した。

「賊が入り込んできた時、彼らは嫌がる妻を無理やり連れ去ろうとしたのです。それに抵抗して彼女が騒いだため、私が気づいて乗り込みました。賊を一人、射殺したのがその証拠です。まさか当の相手が言うことを聞かないとは思ってもみなかったのでしょう。残りの賊は慌てて逃げていきました」

「フン――」

説明が正しいことは、湖畔にいたマーシア兵をすぐに呼んだことからも裏付けられている。女王としても文句のつけようがないはずだ。

その上で、ウィリアムはさらに、バーンウェル城の地下の船着場に見張りの兵をよこすよう求めた。

「城には最低限の人手しかおりませんので、また同じことが起きては困ります」

「ふむ……」

寝起きで腰が痛むのか、マティルダは寝椅子に伏せて、あまり機嫌の良くない様子である。薄物をまとった黒髪の少年が、横たわる主人の腰をせっせと揉んでいた。

肘掛けに置いたクッションに顔をのせ、女王はけだるい口調で訊ねてくる。

「アルバからやってきた賊とやらを退けたのはなぜだい？　妾は、小娘を処刑する口実を作れと言ったんだよ。そのまま攫わせてしまえば、小娘が逃亡を計画したのだと主張できただろうに……」

「私も初めはそう考えました。ですが、やってきた賊どもの口からガリシニアの名前が出てきたため、考え直した次第です」

「ガリシニアだと……？」

海をはさんで向かい合う敵国の名前にマティルダが眉根を寄せる。

「は。賊はアルバ人でしたが、どうやらガリシニアに送り込まれてきたようなのです。我が国最大の敵国が背後についているとなると、事は注意を要します。賊がクレアを連れ去った後、それを彼女の逃亡と決めつけて処刑した場合、ガリシニアは厚顔無恥にもそれが真実でないことを——賊が、かの国によって送り込まれた救出隊だったなどと公にするかもしれません」

理路整然と、ウィリアムはここに来るまでに考えたデタラメを吹き込んでいった。

ガリシニアにとってはとんだ濡れ衣だろうがしかたがない。

仮にマーシアが使節を通して問い詰めたとしても、ガリシニアはそんな謀は知らないと、断固として否定するだろう。ウィリアムの考えを知らないライアンとケヴィンも、拷問されたところで決してガリシニアの名前を出さない。

しかし人一倍猜疑心の強いマティルダは、彼らが秘密を守ろうとしているのだと勝手に誤解する。それでいい。

「ご存じの通りクレアは、遠いとはいえガリシニア王家の血も引いておりますゆえ、マーシアが処刑のために真実を捻じ曲げたと難癖をつけられた場合、我が国は国際的に不利な立場に——」

説明の途中で、女王は「いたっ……」と顔をしかめた。

「これ！　ここに来て半年もたつのに、力加減がまだわからぬのか!?」

「も、申し訳ありません……！」

叱責に、美少年は彼女の足元にひれ伏して恐縮する。

「使えない子だね。もういい。そこに座って見ておいで。——ウィリアム」

「は」

「久しぶりにおまえが揉んでおくれ。おまえはうまいからな」

「……はい」

内心は渋々、しかし表面上はそれをおくびにも出さず、ウィリアムは女王のもとへ向かい、腰を揉み始めた。

彼女は三十代の半ばになってからひどい腰痛に悩まされるようになった。しかし痛がりのため、揉むのには技術を要する。昔の要領を思い出し、特に硬くなっているところを優しく揉みほぐしながら、ウィリアムは穏やかに訴えた。

「――そういう理由から、クレアを手の内に留め、賊のみ処分するのが適当と考えました」

　マティルダが面倒くさそうにうめく。

「まぁ、それが一番波風の立たない対処だろうね。おまえは本当に頭がまわる……」

　どうやら話を信じたようだ。ウィリアムはひそかに胸をなでおろした。

　女王はけだるくつぶやいた。

「それで？　今回の賊はともかく、小娘の周囲で他に何か連絡を取るようなそぶりは？」

「いえ、今のところは……。もうマーシアの人間になったのだから故国のことは忘れろと、私がきつく脅しすぎたのかもしれません」

「……そうか」

　女王はうなずき、ふいに仰向けになった。驚くウィリアムの顔を両手ではさみ、強い力で自分に引き寄せる。

「陛下……っ」

「最近のおまえは以前よりも男らしく、色っぽくなってきたね」

　鼻がつきそうなほど間近から、毒々しい緑色の瞳がのぞき込んでくる。

　彼女は詩人のように、含みをもたせた抑揚をつけてつぶやいた。

「瞳の奥に果てのない苦悩が見える。解決の術がないままのたうちまわる、それはそれは昏い目だ。前はただ、燃え尽きた灰のように色褪せていたというのに――」

「――……」

「おまえ、まさか妾をたばかっているのではあるまいな？」

「何を仰っているのか……」

ウィリアムは心底理解ができないふりで頭を振った。

しかし頬をはさむ手は放れない。

「新妻の手管にすっかり骨抜きになり、妾が手を出さぬよう、かばっているのではあるまいな？」

「――……」

マティルダを恐ろしく思うのはこういう時だ。理屈や証拠を抜きにして、直感で正解にたどり着いてしまう。敵の多い人生を送ってきた者特有の、裏切りへの鋭敏な嗅覚がある。

ウィリアムは冷静に自分を立て直した。苔のような、濃い緑の瞳をまっすぐに見つめ返す。

そこには、執着はあっても愛はない。同時に憎悪もない。ただただ純然たる悪意の虚無が広がるばかり。絶大なる権力を糧に肥大化した虚無に呑み込まれそうになる。

クレアが来る前であれば、この瞳に立ち向かおうなどとは考えなかったはずだ。

だが今は守らなければならないものがある。その思いが心の支えになった。

「――我が忠誠はひとえに陛下の御前に。お疑いとは悲しい限りにございます」

視線を揺らさずに見つめ返し、いつものように無表情に答える。笑顔を浮かべれば、逆に嘘だと看破されてしまう。

「――――」

従順なウィリアムをしばし見上げた後、マティルダは手を放した。

「小娘に告げよ。占領したからには、干からびるまで何もかも搾り取ってやろう。アルバなどという小国が滅びたところで妾は痛くもかゆくもない、と――」

「……かしこまりましてございます」

「必ず伝えるんだよ。そしてかの地で叛乱を起こさせるのだ。小娘の名を叫んだ蜂起があれば、あれを処刑する確かな口実になるからねぇ」

静かにうなずいて同意を示しながら、またしても胸中の苦悩が深まるのを感じる。そんなことを言えば、クレアはますます手が付けられなくなるだろう。

(彼女は知らなくていい)

人をいたぶるのが好きな女王の気まぐれは、自分の心の内に留めておけば、それでいい。わざわざ知らせて、何もできない焦燥に苦しませる必要はない。

昨夜の出来事で、今度こそ彼女はマティルダに逆らうことの愚かさを思い知っただろう。後はさらなる快楽漬けにして少しきつめに言い聞かせれば、そのうち聞き分けがよくなるはず。

(聞き分けなければ、続けるだけだ……)

快楽の拷問をくり返されて抗いきれる人間はいない。本人の意志がどれほど固かろうと、精神は少しずつ蝕まれ弱体化していく。また無意識の中に染み込んだ言葉の呪縛から逃れるのは至難の業だ。

この先、いくらでも、何度でも彼女の心に刻みつけてやろう。

バーンウェル城で目立たぬように、静かに暮らすこと以外にクレアの幸せはない。その幸せに背を向けて冒険すれば、結局目的を達成できないまま、大勢を巻き込んで無駄死にするだけ。

残酷な女王が支配するこの国に希望などない。

髪の毛一筋ほどもありはしないのだと。

4章　真実

ノーマンたちのふいの来訪があった翌日。

昼過ぎになってウィリアムが帰ってきた。使用人たちは鍵を持っていたため、食事や身支度を調えるにあたって不自由はなかったものの、半日近く一室に閉じ込められたクレアは、外を眺める体で窓際に立ち、やってきたウィリアムを背中で迎える。

挨拶にも答えず、頑なに背を向けるクレアにかまわず、彼は王宮でのことをあれこれと説明した。

「予想通り今回の件、陛下は君が自分で計画したことだと結論づけたかったようだ。証拠が足りなくて無理だったけれど――」

「――……」

「早々に王宮へ向かってよかったよ。おかげで色々と手を打つことができた」

窓には相変わらず、無情な鉄格子が嵌まっている。錬鉄の格子越しに見る景色は今日も霧が深かった。

無言のまま背中を向け続ける妻の背後に立ち、ウィリアムは後ろからそっと抱きしめてくる。

「いいかげんわかってよ。僕らは二人で生きるか、あるいは二人とも死ぬか、どちらかの道しかないんだ」

クレアは彼の腕から抜け出し、振り向いた。

「二人で生きましょう。アルバで、自由に」

「クレア……」

「何度でも言うわ。わたしはアルバの女王よ。国が困難に直面している今、その立場にあることを決してあきらめるわけにはいかないの」

「……それが君の誇りってわけ？」

「そうよ。わたしはずっと、お父様やお兄様と共に、国のために働きたいと思っていた。そのために必死に努力をしてきた」

それもこれもすべてはマーシアの魔手から国民を守り、豊かで平和な道に国を導くため。

そして――

（そして……？）

ふと脳裏を横切ったものを、クレアは捉えそこねた。

そして、……何だったたか。幼い頃、国政に携わるだけの力を得たいと強く願ったのには、もっと他に切実な理由があったような気がするが……。

　物思いから現実に引き戻すように、ウィリアムがクレアの両肩をつかんでくる。

「何度も言ったはずだよ。誇りなんか守ったところで、命を危うくするだけだ」

「わたしは……アルバが踏みにじられている中、何もできないことのほうが恐ろしくてしかたないわ。今この時にも多くの人が無為に亡くなっているというのに、自分だけ安穏と生きるなんてできない」

「万が一……万が一だよ？　君の執念に神が味方をして逃亡が成功したとして、待ち受けているのは、反逆者として死ぬ未来だけだ」

　アルバの現国王である叔父を退けて玉座を取り戻そうとすれば、今度こそクレアは討伐にやってきたマーシア軍に問答無用で殺されることになる。国王に対する叛乱か、あるいは弑逆（しいぎゃく）か、どちらかの罪で。

　彼は切々と訴えてきた。

「君をそんな運命に追いやってたまるものか」

「ウィリアム……」

「僕はここで君を守って暮らすよ。世間に背を向けて、静かにね」

「わたしにそのつもりはないわ」

「そうか……。やはり、この話題では平行線をたどるだけだね」

さみしげにそうつぶやいた彼は、気を取り直すようにクレアの手を取る。

「お茶を飲もう。応接間で」

「え？　えぇ……」

唐突な申し出に困惑してしまう。仲直りをしようということだろうか。

促されるままに彼と部屋を出て階段を下り、一階の応接間に向かった。その間、ウィリアムは一言も話さない。

（きっと怒っているのね……）

居心地の悪い思いでついていったクレアは、応接間に入ったところで驚いて足を止める。

「……なに、これ……っ」

最近まで三方の壁をタペストリーが覆っていたはずだ。しかし今はすっかり様変わりしていた。タペストリーは取り外され、代わりに多くの肖像画が掛けられている。

「これは――」

絵画をひとつひとつ眺めたクレアは、それらがすべてアルバの歴代国王の肖像画であることに気がついた。他でもない。アルバの王宮に飾られていたものだ。

部屋をぐるりと見まわしてつぶやく。

「どうしてここに……」

「マーシア軍が持ち帰った戦利品だ。射撃の的にするために」

「な……っ」

「的にする前に譲ってもらうのには苦労したよ。でも用途を話したら、女王が味方してくれてね」

すらすらとした説明のすべてが聞き捨てならない。クレアは眉根を寄せて訊ねた。

「用途って？　何に使うつもり？」

場合によっては再度の口論も辞さない。そんな覚悟でいると、彼は「こういうことさ」と言ってクレアのくちびるに軽くキスをしてくる。

クレアは思わず逃げた。

「いや――」

「いや？　どうして？」

「だって……」

肖像画に囲まれた部屋は、クレアに女王としての自覚を強く思い起こさせる。

過去にアルバを統治した偉大な王たちの肖像画の前で事に及ぶのは、さすがにためらわれた。

「ここでは、ちょっと……」

「敵国で、敵の王に仕える人間に犯される姿を見られたくない？」

「ウィリアム！」

意地の悪い言葉に視線を尖らせると、彼は薄い笑みと共に返してくる。

「いい反応だ。歴代国王に君の痴態をしっかり見てもらおう。敵の上ではしたなく腰を振る子孫を、彼らが女王と認めるだろうか？」

「ウィリアム……」

「彼らの前で、君の誇りを徹底的に挫いてあげる」

ゆるゆると首を振って後ずさるクレアの身体を、彼は軽く押してきた。背後にあった寝椅子の肘掛けに膝を取られ、寝椅子の上に仰向けに倒れこんでしまう。

「きゃ……っ」

訳がわからないでいる間に、彼は腰を跨ぐ形でクレアの上に馬乗りになり、近くのテーブルに手をのばした。そこでようやく、彼のやろうとしていることに思い至る。

「……それはやめて……っ」

「察しがいいね」

テーブルの上には、銀の水差しと銀杯が置かれている。これまでにも何度か使われたことがあるため、その中身はすぐに察することができた。マティルダから渡されたという、強力な媚薬の混ざった蒸留酒だろう。

こちらに見せつけるように、優雅に銀杯に酒を注ぐと、彼は黙って差し出してきた。

クレアは首を振って拒む。

「いや……」

飲めば欲望に飢えて苦しむことになる。

銀杯になみなみと注がれた酒から目を逸らすと、ウィリアムは冷然と告げてきた。

「ライアンとケヴィンの命と引き換えだとしても？」

「え……」

「僕が王宮から出てくる時、二人はまだ生きて囚われていた。だが早晩処刑されることになるだろう。僕が彼らの助命を嘆願しなければ」

「…………」

クレアは空色の目を大きく瞠った。つまり、助命を嘆願してほしければ言うことを聞けと？

「悪魔！」

「あぁ、魂を売ったよ。もうずいぶん前に」

ありったけの非難をぶつけるも、彼は恬として応じる。

「で？　どうするんだ？」

「――――……っっ」

じっと銀杯を見つめてこぶしを握りしめた。さほど大きな杯ではない。せいぜい子供の手のひら大だ。

しかし媚薬入りの酒が少量でどれほど威力を発揮するかは、何度も身をもって経験している。

（でも――）

選択肢がないのもまた事実だ。はるか故国から、自分を助けるため危険を冒してやってきてくれた昔馴染みの臣下――いや、友人たち。彼らはこの先のアルバを担う大切な人材でもある。こんなところで死なせるわけにはいかない。

考えるまでもない結論に押され、差し出された銀杯を手に取った。

「……本当に、ライアンとケヴィンを助けてくれるの？」

「強制労働に就かせたほうが有益だと、女王を説得する方法は心得ている」

「…………っ」

静かで自信に満ちた返答に力を受け、クレアは銀杯の中身をひと息にあおった。カッと喉から臓腑にかけて熱くなる。

「いい子だ」

銀杯を取り上げてテーブルに置くと、ウィリアムは優しくクレアのくちびるを塞いできた。舌でくちびるを割り、深く犯してくる。まだ媚薬の効能が表れたわけでもないだろうに、官能を覚えたクレアの身体は早くも愉悦に震えた。

それでなくてもウィリアムのキスは巧みである。甘く、なまめかしい口づけに、クレアはいつもとろとろに溶けてしまいそうな心地になる。

ソファの上で、彼は思うさまクレアのくちびるを蹂躙してきた。飴を舐め溶かすかのように、角度を変え、深さを変え、執拗に舌で弄んでくる。そのうち、クレアは覚えのある残酷な疼きに襲われた。

鼓動が高まり、肌が熱く張りつめ、身体中が淫らな熱に火照ってしまう。例えるなら、情交が終わった直後のような状態だ。何もされていないというのに、秘処は恥ずかしいほどに蜜をこぼし、どこもかしこも感じやすくなり、思考は快楽に霞んでぼんやりとしていく。際限なく強い欲求に苛まれ、彼に愛されることばかり考えてしまう……。

「んっ、んん……っ」

なまめかしい口づけにうっとり耽溺していたクレアから、ウィリアムはスッと身を離した。

「ぁン……っ」

思わず不満そうな声が漏れてしまう。彼は濡れたくちびるに薄い笑みを刻んだ。

「女王への服従をどうしても受け入れないというのなら、最大の障害である君の誇りを挫くしかない」

何でもないことのように言い、彼は傲然と命じてきた。

「さぁ、クレア。そこに跪いて、僕のものを咥えて奉仕するんだ」

「え……？」

「手でしたことはあるし、要領はわかるだろう？」

「…………」

妻というより、奴隷にでも命じるような内容に言葉を失う。

確かにウィリアムに求められて彼のものを手で愛撫したことはある。しかしそれは、あくまで最中の戯れのようなものだった。情交をするために、自分で彼のものを育てるなんて。おまけに——

（咥えてって……口で……？）

クレアは唖然としつつ、ウィリアムのものを思い浮かべた。それを自分の口を使って愛撫する光景を想像し、頭が沸騰しそうになってくらくらしてしまう。

思わずあたりを見まわした瞬間、肖像画のひとつと目が合い、ぎくりとした。

四代前のアルバ王は、厳めしくこちらを見据えている。

「……ここで？」

媚薬のもたらす淫悦への強い欲求を堪えながら、クレアはうめいた。

過去にアルバを守り抜き、導いてきた多くの国王の肖像画がずらりと並ぶ中で、現在の女王であるクレアが色欲に我を忘れ、マーシア女王への服従を覚えさせられている姿を晒すなど耐えられない。

（せめていつもの場所なら――……）

ここが自分の寝室であったなら、気乗りしないとはいえ、指示に応じたかもしれない。すでに数えきれないほど身体を重ねているのだ。今さら自分から積極的になるのははしたない、などという羞恥に囚われることはない。しかし――

「いや。……そんなことできない……っ」

肖像画から顔を背け、涙を浮かべて首を振った。

「クレア」

「ただでさえわたしは……マーシアに負けて……国民を苦しめているというのに……！」

いやいやをする両肩を、ウィリアムがつかんでくる。

「クレア、やるんだ」

「いや！」

「やらないとこのままだよ」

押しつけるように言い、彼はスカートの裾から手を差し込み、クレアの大腿を悩ましくなでまわしてきた。

「……ぁぁっ……」

ウィリアムのシャツをつかみ、クレアは肌を這う手の感触に身を震わせる。熱く張りつめた肌への思わせぶりな愛撫に、背筋がゾクゾクと痺れた。

内股がひくつき、淫唇がじゅわりと蜜をにじませる。

「や……、やめて……っ」

拒絶は言葉だけのものだった。

蒸し風呂に入ったかのように火照った身体は、意志に反して彼の手に感じ入っている。もっとさわってほしいと強烈に感じてしまう。全身がウィリアムの愛撫を望んでいた。

クレアの状態を正確に把握しているのだろう。彼は余裕の手つきでドレスを脱がせてきた。

コルセットと下着だけの姿にされると、涼しさにホッとする。次いでコルセットが外され、上気して火照った胸の膨らみがまろび出てきた。先端は何もされていないのに真っ赤に熟れて、恥ずかしいほど硬く尖っている。

それだけではない。ドロワーズが脱がされると、すでに愛液でぐしょぐしょの内股が露わになった。充血した淫芯は莢から頭を出し、じんじんと切なく疼いている。

「はぁ……」

そんな状況だというのに、クレアの口からは物欲しげな吐息がこぼれた。それでも彼はふれてこようとしない。代わりに自分の脚衣の前をくつろげ、クレアがその気になれば、いつでも指示に従えるようにする。

「ひどい……っ」

クレアは涙をにじませて首を振った。身体中が熱くて気が変になりそうだ。

しかしウィリアムは呆れる口調で返してくる。

「ひどい？　僕が？　言っておくけど、こんなのは序の口だ。もっとひどいお仕置きだってある中、充分手加減をしているよ」

「嘘よ……」

「嘘じゃない。ほんの少し酒に混ぜるだけでこうなる媚薬を、秘密の場所に直接塗ったらどうなると思う？」

「いや……っ」

今でもこれほどつらいというのに、そんなひどい罰を受けたりしたら、きっと死んでしまう。

恐ろしい想像に首を振るクレアに、彼はくすりと笑った。

「言うことを聞いたら、たっぷりご褒美をあげよう。君の柔らかい胸を思うさま揉んで、感じやすい乳首を舐めて、疼いてしかたのない奥を、トントンって突いてあげる。欲張りな孔をぎゅうぎゅう満たしてあげる……」

「やあぁ……っ」

言葉はまるで悪魔のささやきだった。想像するだけで身体が疼いてしまう。頭を振っても、逃れることはできない。

両手で耳を塞ぐクレアを、彼はさらに追い詰めてくる。

「今さらじゃないか。君は昼日中の応接間で全裸になっているんだ。彼らはとっくに失望しているよ」

「いや、ちがう……ちがう……っ」

「何がちがうの？　ここをこんなに尖らせて」

言うなり、彼の指が硬く凝った乳首をつまんでくりっとひねる。

「あぁン……！」

甘やかな愉悦が弾け、蜜壺がきゅんっと収縮するのを感じた。あまりにも心地よい余韻に陶然となる。

そんなクレアに、ウィリアムは卑猥な言葉をたくさんささやいてきた。淫悦への欲求で頭がおかしくなりそうだったクレアは、そのひとつひとつを想像してしまい、下腹の奥で強烈な欲求が湧き起こる。責め方を心得たウィリアムの手管は到底抗えるものではなかった。

クレアの顎をつまみ、今にもキスしそうなほど、秀麗な顔を近づけてささやいてくる。

「僕のものを、そのかわいい口で大きくしたら、貪欲な君の奥を思いきり突いてあげる。何度も、昇天するほど激しくね。グチャグチャ音を立てて犯されるの、君は大好きじゃないか」

「や――……っ」

淫猥な想像は理性を焼き切るのに充分だった。

熱い渇望ではち切れそうになっていくクレアは、ソファに腰を下ろす彼の前にへなへなと跪き、脚衣の中から雄芯を引っ張り出す。そして淫らなキスの余韻か、すでに半分ほど硬くなっているものに――しばらくためらった後、おずおずと自らの口と手で愛撫を加え始めた。

「ん……っ」

指示されるまま、下のほうを手で支え、口で先端を咥えて唾液を絡め、幹まで舐めまわす。口の中でビクビクと大きく膨らんでいくものを、もっと育てようと熱心に舌を這わせる。

柔らかく吸い上げながら舌で扱いたところ、屹立が大きく反応した。振動を加えるように舌を動かした時も同様である。どうすればいいのか次第にコツをつかみ、クレアは熱心に舐めしゃぶる。

「マーシアの臣に裸で膝を屈して、淫らな奉仕に励む君を、アルバの国王たちが見ているよ」

嗜虐的な声音でウィリアムが言った。クレアは夢中で雄茎を咥えながら首を振る。

「聞きたくない？　それなら耳を塞いであげよう」

彼の両手が、クレアの耳の孔を指先でくすぐってくる。

「んんぅ……！」

性感も同然の場所への刺激に、その瞬間、クレアは軽く達してしまった。駆け抜ける激しい恍惚に、全身をぶるぶると震わせる。

「達っちゃった？　かわいいな、クレア。もういいよ。おいで」

「ぁふ……」

ようやく出たお許しに、クレアは這うようにしてソファに上がった。

彼の肩につかまり、向かい合う形でのろのろと彼の膝を跨ぐ。ウィリアムは手をまわしてクレアの腰を支えてくれた。

「そのまま……ゆっくり腰を下ろして——」

「あっ……、ぁ、ぁ、ぁン……！」

唾液と先走りで濡れた切っ先がつるつると滑ってしまい、蜜口が刺激されるばかりで焦れる。しかし屹立に手を添えたところ、ほどなく硬い先端を受け入れることができた。そのまま体重をかけてずぶずぶと沈めていくと、漲る熱杭が、ほどなくずぅんっと深く突き立つ。

「ぁあぁぁ……！」

下腹の奥で待ちかねた快感が爆発し、クレアの腰がガクガクと淫らに揺れた。蜜洞は屹立をぎゅうぎゅうと渾身の力で締め上げる。身の内を灼く快感に、彼の上で激しい陶酔に浸る。それもつかの間、彼は緩やかに腰を使い始めた。

「気に入った？　ひどくされるのも好き？」

「ちがっ……そんな、こと、ぁあっ……あぁっ……！」

「それなら次は拷問場に連れていこうかな。器具につないだ君を犯す、拷問ごっこもいいかもしれない。あそこにこびりついたまま毎晩恨み言を言い続けている亡霊たちも、きっと喜ぶはずだ」

「はぁっ……いやっ、いやぁ……っ」

「なら処刑場がいい？　そうそう、処刑を嫌がって暴れる罪人を拘束するための器具もあるんだ。使ってみる？」

「いやっ、やめて……！」

「使うよ。君があくまで自分の立場をわきまえないというのなら、どちらかできついお仕置きをしてあげる」

「あぁっ！　……あぁっ、……はぁっ、……あぁン……！」

ずんずんと、柔らかく突き上げられるごとに淫猥な衝撃に懊悩する。汗を浮かべた肢体は、響き渡る愉悦を余すところなく拾ってのたうち、乳首を尖らせた胸を弾ませる。ウィリアムは約束通りそこを口に含み、優しく舐めまわし、甘く吸い上げた。

「はぁぁ、ぁン……！」

蕩けた声が高く響き、蜜洞がきゅうきゅうと彼のものに甘えて絡みつく。と、屹立はびくびくと嵩を増していった。焼けた鉄のように熱くて硬いものでみっしりと拡げられた淫路が、歓びにわななく。

最奥を穿たれれば、びりびりと頭の芯まで痺れる快感に貫かれた。媚薬に昂りきった身体の感度は果てしなく、ただ突き上げられるだけで、くり返し高みへと達してしまう。極まったままの蜜洞は彼の雄茎をこれまでになく熱心にしゃぶり、悩ましく搾り上げる。と、ほどなくウィリアムの腰遣いからも余裕がなくなっていった。

ますます大きく膨らんだ切っ先で、ずんっずんっと激しく奥の性感を抉ってくる。

「はぁっ！　……やぁっ、また、あっ……止まらない……達くの、止まらない……！」

まるで臓腑まで押し上げられるかのような歓喜に、際限なく惑乱し続ける。

くり返し昇り詰め、立て続けの快楽に我を忘れて腰を振り、喘ぐクレアの顔を引き寄せ、ウィリアムはキスをしながら、くちびるにささやいてきた。

「いいかい？　逆らってはだめだ。逃げてもだめだ。死にたくなければマティルダに服従しろ――」

クレアの無意識に刷り込むように、何度もくり返し、執拗に言い聞かせてくる。

「君の幸せは、ここで僕に抱かれて気持ちよくなること」

「はぁっ、そんな……こと、ない……っ」

「歴代アルバ国王の前で、僕のものを裸でしゃぶった恥ずかしい君に、何ができるというんだ？」

しぶとく抗うクレアに、傲然といきり立った熱塊を鋭く叩き込んでくる。

「やぁっあぁぁ……！」

燃え立つ官能に芯から蕩かされ、クレアは淫奔に身をくねらせた。身の内で荒れくるう激しすぎる快感は、一向に収まる気配がなく、絶え間なく啼きわめいてガクガクと腰を踊らせる。意識が遠のくほどに気持ちがいい。

「あぁっ、いい……！　いいっ、ウィリアム……っ」

「認めるね？　これが君のほしいものだって」

「やぁっ、……ち、ちがぅ、ぅ……っ」

「クレア」

「がんばれば……わたしは、まだ、あぁっ！　……まだっ、なにか、できる……！」

「まだわからないの？　君には無理だ。僕にだって無理だったんだから」

突き上げるごとに跳ねる腰を、まわした腕で引き戻しながら、彼は絞り出すように語り始めた。

「本当はこんなの、もう思い出したくもないんだけど——」

⚜

十二歳の時、人質としてマーシアに連れてこられたウィリアムは、弱小国の王族として蔑まれ、屈辱的な扱いを受けた。しかしその時は耐えられた。卑しいのはマーシア人の性根であり、傷つくのは自分の誇りではないと考えていたためだ。

翌年、戦争が始まると状況は一変した。

マティルダはウィリアムを廷臣たちの前に引きずり出し、役立たずの人質よと罵倒させた。そして『仔犬の園』の衣装と首輪を前に置き、女王の飼い犬になるよう求めてきたのである。

もちろんウィリアムは断固として撥ね付けた。――今の自分には、それが女王の最大の娯楽だったことがわかる。

彼女は獲物に関心があればあるほど、はじめのうちは手加減をして、より長くいたぶろうとするのだ。女王が好む美しい少年に育とうとしていた十三歳のウィリアムは、格好の標的だった。

それからは無茶な言いつけにウィリアムが逆らうたびに鞭で打ち据え、言葉で嬲り、苦痛に耐える様を眺めて楽しんでいた。

何度も自力で逃亡を試みるも、一度も成功しなかった。そのうち、女王は事前に気づきながらもあえて目をつぶり、わざとウィリアムが逃げるよう仕向けて、鞭打つ口実を作っているのだと気づいた。

しかしある時、入念な下準備の末に逃亡が成功しかけたことがあった。結局失敗に終わったのだが、女王の怒りはすさまじく、逃亡に協力した者を全員、ウィリアムの目の前で処刑した。地面に泣き伏して自分を代わりに殺すよう懇願したものの、一顧だにされなかった。

この時からウィリアムは二度と逃亡を計画しなくなった。

もちろん、戦争が始まってから何度も祖国の父親、時には国王に対して手紙を書き、窮状を訴えた。仮にも国の王族として送り出されたのだから、何らかの手を打ってくれるものと信じ続けた。

しかし待てど暮らせど期待が報われることはなく、手紙を出したことを、女王にあざ笑われるばかりだった。

『いいかげんあきらめよ。アルバはおまえを見捨てた。誰もおまえを待ってやしないよ』

アルバは弱小国。ウィリアム一人を救うこともできない。

ウィリアムはその現実に気づいていった。それでも最後の誇りだけは失うまいと、毅然と振る舞っていたある日、いよいよとどめを刺されることになった。

マティルダはウィリアムを、戦争で捕らえたアルバ人の捕虜のもとへ連れていったのである。皆、アルバでは名の知れた貴族で、ウィリアムが顔を知る者たちだった。

祖国の宮廷に堂々と君臨していた彼らが、半裸で汗と埃に汚れ、動物のように鎖につながれている。――それだけでも目にするのがつらいというのに、女王はさらに彼らへの拷問を見せてきた。

生皮を剝ぎ、腹を裂き、内臓を抉る。そうして、父の友人が、遠い親戚が、人格高潔と評判の老将が、苦悶にのたうちまわる様を、ウィリアムに突きつけてきた。

『よく見よ。こやつらが惨めに苦しんでいるのはおまえのせいぞ。おまえが妾の言うことを聞かないせいだ』

すすり泣くウィリアムの前に、マティルダは『仔犬の園』の薄物の衣装と、金の首輪を置いた。

『悩めば悩むほど、苦しみが長く続くだけ。苦しみが消えることは決してないんだよ。早く楽になっておしまい』

『おまえがいい子になったら、こやつらを苦しみから解放してやろう』

『おまえは妾の犬になるのだ』

ささやかれる言葉に、ほどなくウィリアムは屈した。捕虜たちの見ている前で、肌の透けて見えるバカバカしい衣装に着替え、与えられた金の首輪を自ら嵌めた。『それから？』

と促され、マティルダの足下にひれ伏し、つま先に接吻しながら、二度と逆らわないことを固く誓った。

女王は、それはそれは満足そうに微笑んだ。

その日から、ウィリアムの部屋は『仔犬の園』の中に用意されたのである。そしてほどなく、ウィリアムは女王の一番のお気に入りとなった。

本当の地獄はそこからだった。

無垢な身体は彼女にとって格好の獲物である。苦しみから逃れるため、ウィリアムはひと晩に何度も女王に慈悲を懇願した。星の数ほど懇願をくり返すうち、自分の立場をいやというほど理解していった。

女王はまた、ウィリアムに薄物の衣装と首輪をつけたまま、アルバ大使の前に立たせたこともある。驚愕に青ざめる大使の前で、顔を上げることはできなかった。

そんなウィリアムの苦悩を、彼女は愉しげに嬲った。

『妾はおまえに何か無理強いをしたかのぅ?』

『……いえ。私の意志です。……私が望んで、こうして陛下にお仕えしたいとお願いしました……』

『大使は国王にどう報告するべきだ?』

『私はここで幸せに暮らしておりますので……、どうかもうお忘れくださいと……』

『言われなくてもとっくに忘れているさ！　アルバは今、人質のなりそこないにかかずらっている暇などないのだからな！』

女王は機嫌よく笑い、大使を歓待した。大使はその後、一度もウィリアムを見ることなく過ごした。彼はおそらく、その件を本国に報告してはいないだろう。

『おまえは見捨てられたんだよ』

女王に言われるまでもなく理解していた。この先、一体誰が自分を思い出すというのか。

（僕の居場所はもう、ここしかない……）

聞き分けのよくなったウィリアムを、女王は次第に片時も傍から離さなくなった。畢竟、宮廷において、気まぐれで人を傷つけ、あるいは濡れ衣を着せて命を奪う女王の所業に、数えきれないほど加担した。

日一日と自分が穢れ、わずかに残っていた誇りもすり減っていくのを感じた。やがて、誇りを手放してしまえば楽になれることに気がついた。

『おまえは見捨てられたんだ。もう誰もおまえのことなんか覚えてやしない』

くり返しくり返しそう言い、自分を嬲る女王に服従する以外、生きる方法はなく、穢れた自分を受け入れる以外に、苦しみから逃れる方法はない。

（それなら考えるのをやめてしまえばいい）

無気力な絶望の果てに、ウィリアムはその結論に達した。

生き残るという意志以外、すべての思考を停止することで、ようやく心の平穏と安全な日常を取り戻したのである。

⚜

怒りを叩きつけるように激しく貫かれ、内臓をかきまわすような勢いで乱暴に揺さぶられながら、クレアは涙を流し続けた。

「ごめ、なさい……っ」

あまりにも凄惨な、苦悩に満ちた告白に涙が止まらない。

容赦ない悪意に晒され、誇りを挫かれ続ける日々が、ウィリアムを変えてしまったのだ。

まだ少年だった彼の心は、女王の底知れぬ悪意によって完膚なきまでに叩き砕かれた。

当時の彼の苦しみを思うと息が止まりそうになる。

「わたしの、……身代わりに、……なったばっかりに、……ごめんなさい……っ」

「よしてくれ」

クレアの中を放埓(ほうらつ)にかきまわしながら、彼は吐き捨てた。

「もし君が人質としてこの国に来ていたら、きっと今ごろ生きてはいなかっただろう。身代わりになったことに後悔はないよ」

「でもっ……でもぉ……っ」

「過去について話したのは、君に謝らせるためじゃない。あきらめさせるためだ」

淫悦に溺れ、腰を踊らせながらも泣きじゃくるクレアに、彼は容赦のない快楽をぶつけてくる。奥までズシンと貫かれ、ぶるぶるっと全身が痙攣した。

「あはぁっ……！」

薬に侵された身体は、またしても息が止まるほど深い官能を極める。そんな中でも彼は容赦なく揺すりたててきた。

「あきらめろ。君は負けたんだ。アルバはマーシアに征服された。今はどうにもしようがない。それがわからないほど愚かじゃないだろう？　自分の命を守ることだけを考えるべきだ」

何度もくり返し入念に、身体の芯まで言葉を刻み込むように、ウィリアムはいきり立った剛直で突き上げてくる。

ずしんずしんと奥に打ち付けられるたび、目も眩むような強烈な快感が身体中に響き渡る。

「あ、ぁあっ、あぁっ、はぁン……！」

「クレア、わかったね？」

「――――んん、ん、んぅ……っ」

返事を促されると、クレアはくちびるを噛みしめ、頑なに首を振った。快楽に流されて言いなりになどなれない。

それだけは、絶対に応じられない。

(わたしは、女王であることをあきらめるわけにはいかない――)

国はまだ存在し、多くの人がクレアの助けを求めているのだから。

彼らの命運を左右する自分があきらめるなど、絶対に受け入れるわけにはいかない。そんな思いでぎゅっとくちびるを引き結ぶ。

涙でぐちゃぐちゃな顔で、それでも屈しないクレアを見つめる菫色の瞳に、焦りと苦渋が広がっていく。

「……君がこんなに強情だとは思わなかったよ」

考えるのを止めたら楽になったと言っておきながら、彼は苦しげに眉を寄せた。

「もういい。なら僕も夫としての権利を行使し続けるまで」

ウィリアムはつながったまま、前のほうで硬く凝っていた淫芯を指先でくるくるいじってくる。とたん、クレアは絶頂のさらなる高みへ飛ばされた。

「やぁぁあっ！　ぁあっ、ぁあっ」

「余計なことは考えられなくしてあげる」

悪辣な口調で言われるまでもなく、彼がぬるぬると指を動かすたび、クレアは何度も何度も達してしまった。腰が激しく痙攣して止まらない。快楽の嵐に呑み込まれ、上も下もわからなくなるほど悩乱してしまう。

「やぁぁっ！　やめてぇっ、も、達くのいやぁぁ……！」

「もう降参？　アルバに帰るのをあきらめる？」

「だめぇ、それはっ……それだけは……だめぇ……！」

クレアはぼろぼろと涙を流しながら、いやいやをした。

「強情な子だ」

「ばかぁ、ウィリアムの、いじわる……！　いじわる……！」

「だってクレアが大事だから。だからクレア自身にも、自分の命を大切にしてほしい。ねぇ？　ここで大人しく僕と一緒に暮らすね？」

問いかける声は穏やかだった。けれどどこかいつもとちがい、強く促すような焦りがにじんでいる。

「僕は君の夫だよ？　その僕よりも国が大事？」

絶え間ない絶頂に朦朧としながらも、クレアは舌足らずに蕩けた声でくり返す。

「いやぁっ……、だめなの……帰るの……！」

頑固にくり返すクレアをソファに横たえ、彼は猛り立った彼自身をずるりと引き抜いた。

「あふん……っ」

なおも糸を引く恍惚に酔いしれ、クレアは汗ばんだ肢体をヒクヒク震わせる。

ウィリアムは再びテーブルに手をのばし、水差しの横に置かれていた色硝子の小さな容器を取ると、油状の液体を手のひらで受け止めた。ふわりとただよってきた香りから察するに、いつもの媚薬だろう。

「……無茶な使い方は気が引けるけど」

思いつめる眼差しで彼は言った。そして付け根までたっぷりと媚薬にまみれた指を、クレアの蜜穴の中に押し込んでくる。

淫欲を引き起こすあの強烈な薬を、直接塗布されたのだと気づき、クレアは身をよじって逃れようとした。

「いやっ、いやぁ……！」

しかしウィリアムにとっては抵抗にもならなかったようだ。重ねた指でぬぶぬぶと蜜穴の奥深くまで塗りこめてくる。そのついでに蜜壁の上部のぷっくり腫れた性感を、折り曲げた指で執拗に嬲られ、クレアは悲鳴を上げる。

「あふぁぁ！　そこはいやぁ……！」

泣きながらも、蜜洞は彼の指をきゅうきゅう締め上げる。じゅぶじゅぶと抜き差しされ、いつもの蜜とはちがう透明な飛沫が噴き上がってしまう。何が起きているのかわからない。ただただ、身体がさらなる官能を求めてマグマのように熱く滾る。

「どうしてもあきらめないというのなら、ずっとこのままだ。君の誇りは立派だけど……、君を失うくらいなら……壊してしまおう……」

ウィリアムの声は震えていた。

「わかってる。……ひどいことをしてる。でも……死なせたくないんだ……っ」

「ぁあぁっ、やぁっ、熱い！　抜かないでっ、もっと強くぐじゅぐじゅしてぇ……！」

「ずっと傍にいる。一生、ずっと離れないから、許して……許してくれ……」

昏い眼差しで言うと、彼はソファの上でクレアの身体をひっくり返し、後ろからずぶずぶとひと息に貫いてきた。

「はぁぁぁン……！」

ずっしりとした質量と、硬さと、熱さ。待ち焦がれた一撃に奥を抉られ、またしても途方もない歓喜に襲われる。ぽろぽろと涙をこぼして心地よい絶頂に昇り詰めながら、クレアは蜜を噴きこぼして雄茎をぎゅうぎゅう絞り上げた。それも薬の効果か、達きすぎた結果、どこからが絶頂で、どこまでがそうでないのかもわからなくなる。

ひたすら懊悩するクレアとつながったまま、彼はソファに座り直した。彼に背中を預けて膝に乗る形になった結果、内奥の性感に切っ先がめり込む。眼裏で光が弾け、意識が飛ぶほどの鮮烈な快感に、胸を突き出して打ち震える。

「いいっ！　奥、気持ちいいぃ……！」

「僕も気持ちいいよ。きつくしゃぶってもらえて」

自分の上で惑乱するクレアの両膝をつかみ、彼は水平になるほど大きく脚を開かせた。さらに、ことさらぐちゃぐちゃと音を立てて突き上げてくる。

「ほら、クレアと僕のつながってるところ、皆が見てる」

快楽に陶酔していたクレアは、そう言われてようやく現実を思い出す。涙に濡れ、とろんと蕩けた目を壁に向けたとたん、大勢の国王たちの厳しい視線と、その前でウィリアムのものを受け入れた結合部を露わにしている事実に気づき、悲痛に叫んだ。

「やぁあっ、いや！　見せないでぇ……！」

口ではそう言いながらも、実際には快感を求めて自ら腰を踊らせている。心と身体が手ひどく引き裂かれてしまう。

「そんなこと言わないで、彼らによく見てもらおうよ。子孫の君が、マーシア女王の臣下とどれほど懇ろなのか」

逞しくいきり立った熱塊が、ずぅん！　と深いところまで埋め込まれてくる。あまりに野太い衝撃に、クレアは答えることもできなくなる。

「ひぃン！　あぁあっ……」

「一番奥に当たってるの、わかる？」

「あぁっ、いいっ、いぃぃ……！」

ぐりぐりと抉られ、下腹で渦巻く快感に溺れてしまう。我知らず腰がうねり、ぐちゃぐちゃと卑猥な音が響く。さらなる陶酔を求め、クレアは夢中になって下肢をくねらせる。

「あぁ、うまいね。だから言ったろう？　君は女王の器なんかじゃない。こうして僕の前で、お尻を振ってるほうがはるかに似合うんだって」

「だめぇ……わたしは……女王なの……、女王、なの……！」

気がくるわんばかりの快楽に苦悶しながらも、クレアはオウムのようにくり返した。

ウィリアムは緩く突き上げながら、そんなクレアを苦悶に啼かせる。

「君がやらなくても誰かが何とかするさ。君はずっとこうしていればいいんだ。正気に戻る前に、また薬を塗ってあげる。二人で延々乳繰り合っているのを見れば、マティルダだって君を警戒しなくなるだろうし」

「だめ……っ」

歓喜の果てと肖像画の視線の狭間で、クレアは首を振る。

「あきらめちゃだめ……がんばらないと……」

彼の上で淫らに腰を踊らせながら、それでも言い張った。

「絶対……あきらめちゃだめなの……」

「意地になったところで、無理なものは無理なんだから」

「無理じゃない！　やっと女王になったんだもの……ウィリアムを取り戻すまでは、絶対、絶対あきらめない……っ」

「……え？」

「ずっとずっと、いつかウィリアムを取り戻すって決めてた！　女王になって、マーシアに勝って、彼を返してもらうの！　そのためにがんばったの！　わたしは……」

頑是ない子供のように泣きながら、クレアは声を張り上げる。


「わたしは、ほんとは、そのためだけに女王になったの!!」


ウィリアムを自分の身代わりにしたことを、ずっと後悔していた。

父は彼を取り戻すために努力すると言ってくれたけれど、それよりも優先しなければならないことが多すぎて、結局実現しなかった。だからクレアは自分が権力を握って、どんな手を使っても彼を取り返そうと決めたのだ。

どれだけ時間がかかっても、必ず彼を見つけ、取り戻し、アルバに連れ帰って、ありがとうって言わなければ。もう好きに暮らしていいのよって、言ってあげなければ。

「だって、ぜんぶ、ぜんぶ、わたしのせいなんだもの……！」

涙で顔をぐしゃぐしゃにして訴える。そんなクレアに、彼は茫然と返してきた。

「…………うそだろう…………？」

「うそじゃない！　ウィリアムのためにがんばったのに！　今もがんばっているのに、無理だなんてひどいこと言わないで！」

彼の肩に後頭部を預け、クレアはすすり泣きながら声を張り上げる。

「お願いだから協力して。わたしの持ってるもの何でもあげるから！　何でもするから！　ウィリアムは……彼だけは助けてあげて……！」

しゃくり上げながら必死に懇願する。

気づけば、背後からウィリアムに強く抱きしめられていた。動きの止まってしまった屹立に焦れたように、クレアは下肢を揺らす。

「やめないで。ねぇ、お願い、……お願い……っ」

「いや、ちょっと待って。今、頭の中を整理してるから――」

力を込めて抱きしめながら、彼はクレアの肩に額を押しつけてくる。

「助けようとしてくれてたんだ……？」

声は震え、掠れていた。

「君は……君だけは、本気で、僕を助けようとしてくれたんだね……？　そのために、女王にまでなったって……？　バカなんじゃないの……？」

（泣いているの……？）

おぼろな思考の片隅で、クレアはそんなことを考える。

背中に当たる彼の身体が、嗚咽に震えているのを感じる。

「だって……手紙、送ってきたでしょ？　助けてって、何度も……」

身の内を荒れくるう淫悦に頭がおかしくなりそうだったが、クレアは自分を抱きしめる腕に、手を重ねた。彼の中で今、色々な感情がぐちゃぐちゃになっているのが伝わってきたから。なぜかはわからないものの、そうした。

「お父様も、他の人たちも、手は尽くしたけどダメだったって……言うばかりで……。だからわたしがうんと偉くなって……、何が何でも助けようと思ったの……」

「————……っ」

どうしたことだろう。クレアが何かを言うたびに、ウィリアムの嗚咽が大きくなる。

「どうしてもウィリアムを助けなきゃ……。だから、絶対あきらめるわけにはいかないの——」

いつの間にか、彼のほうが子供のように泣いていた。

「ごめん、……ごめんよ。クレア……。ごめん……っ」

しゃくり上げる彼に向けてクレアは夢うつつに返す。

「あきらめない……」

「うん」

「無理でも……何とかしなきゃ……」

「うん――」

自分の涙を手でぬぐったウィリアムは、手早く服を身に着け、応接間を出てお湯を持って帰ってきた。そしてお湯を含ませた海綿でクレアの下肢を何度もぬぐって、できる限りきれいにする。

それでも影響が残って苦しむクレアを、彼は毛布にくるんで部屋に連れて帰り、寝台でクレアの望む通りに抱いてくれた。

さわって、いじって、優しく舐めて。ゆっくり挿れて、そこを深く突いて、もう一度。もう一度。もう一度。

満ち足りた気分で彼の愛に浸り、彼とひとつになれる奇跡に溺れる。ねだったことに何でも応えてもらううち、クレアの身体もようやく落ち着いてきた。

もしかしたら二度と会うことはないかもしれないと、不安に思うこともあった。それを考えれば、今の状況は奇跡としか言いようがない。

(だからもう放さない――)

クレアは彼を見つけた。あとは母国に連れ帰り、必ず彼を幸せにしなければならない。

「安心して。わたしが必ず助けてあげるから……」

あふれるほどの愛を注いでくれるウィリアムの、乳白色の髪の毛をなでながら、静かにつぶやく。

「約束する……」

快楽の果ての朦朧としたささやきに、彼は幸せそうに微笑んだ。その笑顔は、春の太陽のようにクレアの心を明るく照らす。

安心したせいか、クレアはそのまま、気を失うように寝入ってしまった。

⚜

長いことつらい思いをさせてごめんなさい、と彼女は言った。

謝る必要はない。自分は彼女の英雄になりたかったのだから。

（降参だ――）

完全なる降伏だ。疲れ果てた末、微笑みを浮かべて眠ってしまったクレアを抱きしめる。

突然突きつけられた真実に涙がとめどなくあふれた。

誰も自分のことなど覚えていないと思っていた。マーシアとの戦いに手いっぱいなアルバの人々は、そこに送られた人質のことを思い出している余裕はないだろう。いわんや、助けようと考える者がいるはずがない、と。

クレアがここに来た時も、ウィリアムのことなど、顔を見てようやく思い出したのだろうと思った。

泣き出したのは懐かしさと、敵地で顔見知りに会えて安堵したというだけ。

ずっと心配していたと言ってはいたけれど、それも身代わりにした幼なじみに気を遣っての発言で、本当は忙しさに取り紛れて忘れていたにちがいない。

さらに「帰る時はウィリアムも一緒」と言い張ったのは、ウィリアムを巻き込むことで、逃亡をより確実なものにするためだろうと考えていた。

しかし——

(見捨てられてはいなかった……!)

感動に胸を灼かれると同時に、強い孤独を感じた。自分では気づいていなかったが、ウィリアムは孤独だったのだ。

生きのびることだけを考えて、他は後まわしにせざるをえなかったけれど、本当はさみしかった。本当はずっと、故国に帰りたくてたまらなかった。

家族やクレアに会いたかった。

しかし帰れるはずがなかった。女王の脅迫に屈して飼い犬に身を堕とし、長じてからは女王に命じられるまま、女子供を含む多くの人を処刑台へと送り込んできた身である。そうしないと自分が殺されてしまうからしかたがないとうそぶいてきた。——その間、クレアはずっと自分を助けるための努力を重ねてくれていたというのに。

「わかったよ、クレア」

彼女は楽観的で、恐いもの知らずで、愚かだ。だがウィリアムという味方がいる。

「ここから君を逃がしてあげる」

決意を込めてつぶやいた。彼女の想いに応えよう。願いをかなえよう。

彼女があくまで帰国を望むのであれば協力しよう。八年かけて培ってきた知識と経験をもって、最大限の注意を払い、女王の目を盗む方法を考えてみせる。

胸を満たす多幸感に浸りながら、疲れて寝入ってしまったクレアを見下ろす。

(助けることを、最後まであきらめないでくれてありがとう。クレア――)

この八年間、心の内で膨らみ続け、自分を苦しめてきた暗くて重い感情がすっかり消え失せ、今はただ穏やかで温かい気持ちに満たされている。

こみ上げるような愛しさを感じながら、柔らかい寝息を立てるくちびるに、ウィリアムは心を込めてキスをした。

5章　逃亡

次の日、目を覚ましたクレアは前日のことをよく覚えていなかった。

否、断片的でおぼろげな記憶ならあるものの――最初はひどい形で始まったはずが、なぜか気がついたら自分の寝室にいて、そこ、もう一度、優しく、と自ら赤裸々に求めていた。そしてウィリアムは、どんな注文にもうれしそうに応じていた。ひどく幸せな時間だったような気がするが、なぜそうなったのか、途中の経過がまったく思い出せない。

しかしその日から、ウィリアムははっきりと変わった。

二人でいる時は今までよりも明るくなり、笑顔が多くなり、時には声を上げて笑うようになった。クレアを見つめる目は以前にもまして優しくなり、思いつめるような陰や、こちらを責める冷たい棘はなくなった。

ただし――

時々、ひどく怖い顔で窓から城の外を眺めている。クレアが声をかけるとすぐに柔らかい笑顔に戻るものの、気になるところではある。

「……どうかしたの？」

「ん？」

「窓の外に何かある？」

怖い顔が目についた時、何気なく訊ねると、彼は小さく首を振った。

「いや、何も。見張りの数と位置を確認しているだけだ」

「ここから見える？」

「あぁ、だいたいの当たりをつければね。――待って、だめだよ。君はそんなものに関心のないふりをしていないと」

窓に近づいたクレアを、彼は自分のほうに抱き寄せて窓から遠ざける。

「とても関心があるわ。見せて」

口論になることを覚悟してクレアは言い張った。しかし、意外にも彼はため息をついただけだった。

「……わかった。じゃあこうしよう」

「な、……ん……っ!?」

窓際に立ったウィリアムに抱きすくめられ、熱烈なキスをされて目を白黒させる。熱いキスの合間に彼はささやいた。

「見張りの兵士が、望遠鏡で城の中をのぞいている可能性もあるからね」

「だからって、……ふ……っ」

「対岸の船着場の奥と、ヒースの花が群生しているあたりの後ろの林の中、それに湖畔に沿った道が二つに分かれる箇所の後ろの林の中だ。——わかる？」

「え……？」

「木々に紛れてしまっているけど、いるよ」

「——……」

クレアは口づけをするふりで、言われた場所にこっそり目をやる。めずらしく霧は出ていないものの、視界は鉄格子に遮られ、空は今日も厚い雲に覆われている。灰色の景色は暗くて見えにくかった。

しかし、よく見れば確かに、わずかだが人影がある気がする。

「わかるわ」

「他のところにもいる。湖岸全体に一定間隔でひそかに配置されている。全員の目を盗むのは至難の業だな」

「………」

クレアを助けに来たアルバの貴公子たちが、いかに無謀だったか——今さらながら実感した。

そしてこの期に及んで、まだ逃亡を考えている自分にも呆れてしまう。

しかしその時、ウィリアムが意を決したように切り出してきた。

「……クレア、よく聞いて。君を逃がす方法を考えたんだ」

「……え？」

彼は部屋の中に戻ると、テーブルの上に地図を広げる。緻密にして詳細なマーシアの地図である。

「説明するからよく聞いて。今の空の状態から察するに、今夜は雨になる。つまり湖の視界が閉ざされる。夜になったら、君はこの城の地下から船に乗って対岸まで渡るんだ。もちろん船着場じゃない。――このあたりだ。両脇にエニシダの茂みがあって視界が悪い。見張りの兵士たちが巡回しているけど、雨の日はサボりがちだから」

「どうしてわかるの？」

「ずっと観察してたからね」

得意そうな笑みを浮かべ、彼は地図上のバーンウェル城の対岸に指先を置いた。

「岸に上がって、ここをまっすぐに行くと道に出る。道に沿ってぽつぽつと家があるんだけど、その中で最初に目につく酪農家の牛舎の中に馬が一頭いる。僕の馬だ。人をやって、今夜は鞍をつけておくよう言っておく」

「え？」

「知り合いでね。ここの主人はアルバ人なんだ。勝手に牛舎に入って、柵を開けて馬を連れ出してかまわない」

　てきぱきと言い、彼は地図上の指先をどんどん進めていく。

「馬に乗ったら、この道をここまで進んで、分岐のところで一番左の細い道に入って。獣道みたいにわかりにくいけど、地元の人間しか知らない道だから兵士は追ってこない。それにここを突っ切ったほうが近道だ――」

　逃亡のための、具体的で細々とした情報が次々と与えられる。一言も漏らさぬよう頭に叩き込みつつ、最後にクレアは顔を上げた。

「あなたはどうするの？　ウィリアム」

「……僕にはやらなければならないことがある」

　意味深な言葉に、彼の意図を察して頭を振る。

「一人で残るつもり？　そんなのダメよ――」

「クレア」

「一緒に来て、ウィリアム。お願い」

「ダメだよ、クレア。この計画もどこまでうまくいくかわからない。何かあった時、対処する人間が必要だ」

「一緒でないといや！　必ずあなたと二人で帰るって決めてるの」

　きっぱりと言い切ると、彼もまた決然と告げてきた。

「僕は、君を確実に逃がすと決めている」

「自分が助かるためにあなたを犠牲にしたら、八年前と同じよ。きっと一生後悔するわ。お願い……っ」

「――――……」

「お願い、ウィリアム。わたしのためだと思って一緒に逃げて。お願い……！」

「……わかったよ」

縋る思いで見上げていると、やがて彼はため息をついた。

「僕は……これからは君の願いを何でもかなえるって誓ったんだ」

そして見上げるクレアのくちびるに小さくキスを落としてくる。

その時、対岸の船着場に、誰かが馬で慌てて駆け付けてきた。窓越しに見下ろす先で、その人物は忙しない手つきで、漕ぎ手に早く船を出すよう指示している。

「何かしら？」

「急使のようだね」

到着する頃合いを見計らって、ウィリアムは城の玄関に向かい、やってきた使者から手紙を受け取った。その場で一読すると、使者に向けて大きくうなずく。

「わかった。陛下には、すべてお任せくださいと伝えてくれ」

使者はうなずいて帰っていった。その際、ちらりとクレアを見た。

使者が完全に去ったことを確かめると、ウィリアムはクレアを連れて自分の部屋に向かう。そして固く扉を閉めてから、静かに切り出した。

「アルバで叛乱が起きた」

「え……っ!?」

「マーシアの支配に対する叛乱で、人々は『女王を返せ』と訴えているらしい」

「――――……っ」

規模は？　被害は？　アルバの宮廷の反応は？

様々な疑問と心配が頭をよぎる。一方で、人々が自分に対してまだ希望を持ってくれていることへの感動もあった。

(間に合う――戻ることさえできれば、まだ助けられる……！)

しかしそんな希望を、ウィリアムの冷静な声がかき消してくる。

「叛乱はひとまずアルバ軍によって鎮圧されたらしい」

「アルバ軍が？　ひどい……」

アルバの軍が、マーシアの言うなりになって国民を傷つけるだなんて。

握りしめたクレアの手を、ウィリアムは自分の手で包み込んできた。

「叛乱の報を聞いたマティルダは、君が指示したものだと主張し、その場で君に死刑を宣告したそうだ」

「――……」

「さっき僕がお任せくださいと返事をしたのは、死刑について君に気づかせないまま、ちゃんと処刑台まで連れていきますってこと」

軽い口調での説明に、サァッ……と背筋が冷たくなる。覚悟はしていたものの、いざ現実になると緊張に手が汗ばんだ。これで、クレアがこの国で命を長らえる可能性は潰えた。処刑前に逃亡しない限り、助かる道はない。

「今夜中にここから逃げてアルバに帰るわ」

姿勢を正し、改めて宣言すると、ウィリアムは哀しげに微笑む。

「たとえうまく帰国できたとしても、勝ち目は万にひとつもないよ。……それでも？」

愚問だ。

自らを奮い立たせるように、クレアはあえて笑顔でうなずいた。

「わたしはアルバの女王なのだもの。勝ち目のあるなしは問題じゃないわ。あなたこそ……わたしの我が儘を聞いてよかったの？」

「僕は君の夫だ」

ウィリアムはクレアを抱きしめてくる。すっぽりと包み込むように腕をまわし、満足そうに息をつく。

「君より大切なものはないから、君を守りたい。そのためなら君に嫌われてもかまわないって思ってた。……でも気が変わった。やっぱり君に尊敬されたいし、信頼されたい。心から君に愛されたい」

「ウィリアム……」

「僕への想いに君が苦しむのはいやだ。好きになってよかったって、思ってもらいたいんだ……」

力強い彼の抱擁と、体温と、鼓動に、クレアは感動しつつも胸が不安に絞られる複雑な思いだった。

今まで、彼がそう言ってくれるのを待ち望んでいたはずなのに、いざそれが現実になると、おののいてしまう。

「……わたしの都合で、あなたを危険な目に遭わせるわね」

彼が恐れる女王に盾突くことを求め、失敗すれば死ぬかもしれない行動を起こさせようとしている。それが本当に正しいのかと自問してしまう。

クレアの懇願を突っぱねていれば、彼はここで安全に暮らしていられるだろうに……。

振り仰ぐクレアを、彼は心外そうに見下ろしてきた。

「君が、アルバのために危険を冒そうとしているのと同じ理由だ。自分で決めたことだから、君にそんな顔をされる筋合いはないよ」

きっぱりと言い切った顔に、以前のような、ほの暗い翳りがないのだけが唯一の救いだ。

クレアは愛しい夫の胸に頬を押し当てる。

「心から愛してるわ、ウィリアム。あなたはわたしの誇りよ」

「本当？　うれしいな」

クレアの顎に指をかけて上向かせ、彼は幸せそうに、小さくキスをしてきた。

「それは最高の褒め言葉だ……」


彼によると明日、クレアのもとに王宮から迎えがきて、「アルバの叛乱について、宮廷でマティルダ女王に対して申し開きをするように」と言われるらしい。そして王宮へと連れていく――と見せかけて、実際にはまっすぐ、大勢が待ち構える処刑場へ連れていかれる手はずになっているとのことだった。

まったく、意地が悪いといったらない。

その日の夜、ウィリアムの予想通り雨が降り出した。大粒の雨である。

計画通りいつものように夕食を取り、メアリーに手伝ってもらって就寝の支度を調えた。

そして部屋にウィリアムを迎え、夜半に動きやすい男物の服に着替えて二人で地下へ向かう。

以前、一人で来た時は恐ろしくて、なかなか進むことのできなかった場所だ。しかし、ウィリアムは燭台を手に慣れた足取りで進んでいった。背後について歩いていくと、聞いていた通り古い船着場にたどり着く。黴だらけのそこには、小舟が一艘だけ係留されていた。

二人でそれに乗り込み、ウィリアムが漕いで外に出るや、恐ろしいほどの大雨に包まれる。けれどそれが自分たちの姿を見張りの兵士たちから隠してくれるはずだ。

クレアは祈る思いで行く手を見据えた。

月もないので真っ暗である。ウィリアムは、城の窓から洩れる明かりだけを頼りに漕ぎ進めているようだ。ほどなく、小舟は対岸に到着した。ホッとして二人で岸に上がる。

しかし――順調だったのはそこまでだった。

突然、目の前に馬に乗った人影が現れたのだ。

「グレスモント公！　そこまでだ！」

カンテラを手に、大雨に負けじと叫んだのは、外套に身を包んだ兵士である。

「動くなら今夜だと、女王陛下が仰っていた。さすが陛下！　読みが当たったようだ！」

怒鳴る兵士の前で、ウィリアムが剣を抜いた。

「そうそううまくはいかないだろうと、もちろん思っていたよ」

相手は「逃亡だ！　捕まえろ！」と叫ぶ。すると、人の声とカンテラの明かりがさらに複数近づいてきた。人の気配が集まる前に、ウィリアムは最初の兵士に斬りかかる。

足場と視界の悪い中、斬り結びながら、彼はクレアを振り向いた。

「行け！　一人で行け！」

「でも――」

一人目の兵士を地に沈めたウィリアムは、他の兵士たちの行く手を阻むように立ちふさがる。

「アルバのために国に帰れ！　みんなが待ってる！　君を必要としている！　君は帰らなきゃいけない！」

クレアは大きく首を振った。

「ウィリアム、あなたもよ……！」

一人で逃げるなんて絶対にできない。今度こそ必ずウィリアムを連れて帰るのだ。クレアのために起ち上がってくれた彼を、決して見捨てたりしない。

（また離ればなれになるなんて、絶対にいや！）

気ばかり焦るも、必死の思いとは裏腹に、クレアは何もできずに立ち尽くすしかなかった。

ウィリアムが厳しい顔で振り返り、怒鳴ってくる。

「行け、クレア！　僕のために逃げてくれ！　頼む……！」

どしゃ降りの中、兵士たちがウィリアムを囲んだ。しかし二人ほど、それにかまわずクレアのほうに向かってくる。銃を構えたものの、雨のせいで使えないようだ。悪態をついて銃を下ろし、猛然とこちらに歩を進めてくる。

これ以上ぐずぐずしていては、本当に二人とも捕まってしまう。そうなれば終わりだ。彼がクレアのために勇気を出してくれたことが、すべて無駄になってしまう。

けれどクレアが逃げれば、助けに戻ることもできるかもしれない。

そう判断したクレアは、できる限り声を張り上げた。

「必ず助けるから！　待ってて！」

助けを呼んで、また戻ってくる。そう固く心に決めて踵を返すと、全力で走り出す。

走りながら、自分の無力さに涙が出た。

（わたし、また同じことをしている）

八年前と同じ。彼を犠牲にして、自分だけ逃げて……。

（いいえ！）

弱気になりそうになる自分に活を入れる。あきらめてはだめだ。今は、あの時のような子供ではないのだから。

（必ず助けるわ、ウィリアム。必ず——今度こそ……！）

暗く激しい雨の帳の中をクレアは一人で走った。

力の限り走りながら、あらかじめウィリアムから聞いていた情報を思い出していった。

『必ず助けるから！　待ってて！』

クレアは必死にそう叫んでいた。心の底からそのつもりであることが伝わってきた。

それだけでいい。それで充分だ。たとえ約束が果たされなくてもかまわない。

ウィリアムは今、この上なく幸せなのだから。

⚜

(待っているよ)

心の中で返す。彼女を信じて、いつまででも待つ。たとえ処刑台に上がったとしても待ち続けるだろう。彼女だけを。

この国に来てから、何度も死にたいと考えた。しかしマティルダはウィリアムをいたぶるばかりで、決して死を与えてはくれなかった。

自死を考えたこともある。けれど誰からも忘れ去られての死は恐ろしく、惨めで、どうしても踏ん切りがつかなかった。

今はちがう。大きな誇りと満足と共に、自分は運命を受け入れるだろう。たとえ間に合わなかったとしても、いつか必ず彼女は来てくれる。そう信じて。

傷の痛みと寒さに朦朧としながらも、ウィリアムは小さな笑みを浮かべた。

クレアを逃がしたあの後、兵士たちに捕まり、バーンウェル城に連れ戻された。もちろん地下の拷問場に直行である。鎖につながれ、それっきり。一度だけメアリーがやってきて、「すみません、すみません」と泣いて謝ってきた。どうやら女王に命じられてウィリアムたちを見張っていたようだ。しかたがない。彼女には王宮で働く弟がいるのだから。

「ウィリアム……」

か細い声に目を開ければ、今度はレオンが、木製の椀に注いだ水を差し出していた。両手を鎖につながれているため受け取れないウィリアムの前で、器用に椀を傾けて水を飲ませてくれようとする。

いつものようにフードを深くかぶった子供の顔を、痛ましい思いで見つめた。医師に見せたものの、目立つ火傷の痕はついに消えなかった。

水がなくなると、レオンは迷うそぶりで口を開く。

「あの……」

地下牢につながれた姿を目にして、この子はウィリアムの命がもう長くないと悟り、知りたいことを訊こうとしているのだ。

「あのね……」

「ちがうよ」

フードの奥をのぞき込むようにして、ウィリアムは返した。

「僕は君の父親ではない。君の父親が誰か知ってる。でも、その人はもう生きていない」

穏やかに、けれどはっきり告げると、子供は目に涙をにじませて小さくうなずいた。

その時、フードから赤い髪の毛が少しだけのぞく。

「見つからないうちに、お行き」

そっと促した時、石の廊下を歩いて近づいてくる、たくさんの足音が響いてきた。

レオンは火傷の痕がある顔をこわばらせ、素早い動きで走り去っていく。この城の地下を知り尽くした彼なら、鉢合わせずに逃げられるだろう。

石の廊下を歩く複数の足音は、あっという間にウィリアムのもとに押し寄せ、取り囲んできた。真ん中にいるのは女王その人である。

わざわざ王宮から駆け付けたようだ。禍々しい緑色の瞳に愉悦の笑みを浮かべ、高みから見下ろしてくる。

「愚かな子だ。調教が足りなかったかねぇ？」

ねっとりとした口調で言い、彼女は兵士の剣に斬られたウィリアムの腰の傷を踏みつけてきた。思わず痛みにうめくと、彼女は白い頬を上気させて笑う。好みの顔の男をいたぶるのは、彼女にとって何よりの娯楽だ。

「逃げおおせるとでも思ったのかい？」

（――――……）

威圧的な質問に、昔であればひるんでいただろう。無知で無力な子供だった頃には。しかし今は恐くない。

それどころか、どうしてこの女をあれほど恐れていたのか不思議なくらいだった。

絶対的な権力を手にする彼女は無敵だが、実態は悪魔でも魔女でもない。

(四十にもなって大人になりきれない、甘やかされた子供だ)

隙を突く形で知恵を絞った。手も尽くした。

自分の指示通りに動くことができれば、クレアが逃げおおせる可能性は充分ある。……たとえその後、再度アルバに攻め込んできたマーシア軍に叩き潰されるのだとしても。

ウィリアムは虚無の悪意に満ちた瞳を、まっすぐに見上げて言った。

「クレアを愛しています。だから、どうしてもあなたから守りたかった」

ここで彼女と二人、世間に背を向けて幸せに暮らしたかった。

女王の側近として何年も働き、軍の動向も把握するようになった今、その気になれば彼らの裏をかくこともできると知りつつ、その可能性から目を逸らし続けた。クレアに話した通り、彼女がアルバに戻ったとて、待ち受けているのは叛乱に身を投じて死ぬ未来でしかないためだ。

クレアを死なせたくなかった。

「ですが、それはまちがいでした」

「……ほぅ？　命乞いかい？」

　つまらなそうだったマティルダの顔が愉悦に輝く。

　希望を持たせて踏みにじるのが、彼女の好みだ。どのようにしてウィリアムの苦痛を引き延ばすか、算段をつけているのだろう。

　そんな相手に向けて、誇らしい思いで告げる。

「まちがっていたことに気づきました。クレアが自ら破滅への道を進みたいというのなら、進ませてやるのが、僕にとっての愛の証なのではないかと」

　ウィリアムの誇りは、一度はマティルダに叩き潰された。悪意に負けて自ら手放してしまった。

　しかしクレアに会って、愛して、新しい誇りを得た。彼女そのもののように輝き、ウィリアムの道を照らす強い想いだ。

　だから今は自分が穢れているとは思わない。胸を張って、自分は彼女の夫だと言える。

『愛してるわ、ウィリアム。あなたはわたしの誇りよ』

　あの言葉さえあれば、どんな目に遭っても後悔せずに死ねる。

　自己満足に浸るウィリアムを見下ろし、マティルダは不快なものでも目に入ったかのように顔を歪めた。自分は一歩下がり、背後にいる男たちへおざなりに命じる。

「時間をかけて、あらゆる苦痛を与えておやり。こいつの悲鳴を、なるべく長く妾に聞かせるのだよ」

「は……」

拷問吏たちが陰鬱に返事をする。彼らがその手の術に長けているのは、ウィリアムもよく知っていた。

顔見知りを前にしても、決して手加減をしないということも。

6章　果たされた約束

クレアは思いがけない幸運にも恵まれ、何とかアルバへの帰国を果たした。

というのもウィリアムと別れた後、大雨と夜の闇のおかげで視界が悪く、なかなか進むことができずにいた中、カンテラを持った一団に見つかり、囲まれてしまったのである。

ここまでか、と歯噛みしたのもつかの間、彼らはマーシア国内に暮らすアルバ人だと名乗った。ウィリアムとひそかに懇意にしているアルバ人の酪農家から、彼の馬に鞍をつけておくよう指示を受けたと聞いた彼らは、母国で叛乱が起きたこともあり、今夜何かがあるかもしれないと、バーンウェル城の様子をうかがっていたらしい。

結果、予想通りクレアが逃げたことに気づき、助けようと探してくれたのだ。

クレアは彼らと共にウィリアムを助けに戻ったものの、すでに連れ去られた後のようで、姿が見当たらなかった。悄然とするクレアを励ますように、彼らは力強く言った。

『我々が必ず、無事に国境までお送りします。女王陛下！』

そしてウィリアムが考えた逃亡路へそのままクレアを先導してくれた。

途中、難所はあったものの力を合わせて乗り越え、人目を避けて慎重に進み続けた結果、四日目には国境を越えることができたのである。

アルバに戻ったクレアは、真っ先にウィリアムの実家である宰相邸に向かった。そこで彼が無事であることを伝えた後、湯を使って身なりを整え、宰相を伴って王宮へ赴く。

王宮では、事前に宰相から報せを受けていた貴族たちが今や遅しと待ち構えていた。数か月ぶりに姿を現したクレアを、彼らは熱烈に迎え入れた。

口々に訴えられる、マーシアの圧政による末期的な窮状は、救出に来たノーマンたちや宰相邸で聞いた通り。クレアは行く手を塞いで取り囲む貴族たちを見まわして告げる。

「皆の苦しみを取り除くべく戻ってきました。まずはわたしを玉座へ向かわせてください。——道を空けて」

とたん、人垣がほどけて大広間への道が開いた。

まっすぐに進んでいくクレアの後ろに宰相が続き、さらに後に多くの貴族たちがついてくる。石造りの広い柱廊に多くの足音が物々しく響く。

たどり着いた大広間は、クレアが連れ出された時のまま、奥が階段状になっており、その上に玉座が据えられていた。今、そこには叔父のガウリー伯ハロルドが腰を下ろしている。

武人気質で若い頃から数々の戦功を誇っていたが、宮廷では勝手がちがったのだろう。

アルバの貴族を味方につけることができなかった彼は、玉座の周囲にマーシアの貴族を侍らせていた。廷臣の大部分を従えて戻ったクレアを、彼らは敵意を込めて見下ろしてくる。

クレアは叔父だけを見上げ、お腹の底に力を込めて声を発した。

「叔父様、そこをお退きください。その椅子は国のために力を尽くす人間だけが座る資格のあるものです」

しかしハロルドは、無精髭の浮いた口元に歪んだ笑みを浮かべる。

「かわいい姪よ。せっかく帰ってきたのに気の毒だが、おまえにはマーシア女王から引き渡しの要請が来ている。――衛兵！　お尋ね者を引っ捕らえろ！」

おざなりな命令に、玉座の下に控えていた衛兵は動かなかった。そちらに目をやると、衛兵たちはクレアをまっすぐに見つめてくる。熱のこもったその目に向けて、クレアもうなずく。

「どうした！　国王の命令が聞けないのか！」

ハロルドが強く叱りつけても結果は変わらない。

衛兵たちの眼差しに力を得て、クレアはもう一度言った。

「叔父様。アルバの女王はわたしです。即位に際して、この国の人々をマーシアの脅威から救い、アルバに平和と豊かさを取り戻すことを誓いました。ですから兵士たちはあなたではなく、わたしに従うのです」

「逆賊が偉そうに！」

ひと声怒鳴ると、ハロルドは玉座に立てかけてあった剣を手に立ち上がった。刃を抜きながら階段を降り、猛然と向かってくる。振りかぶって打ち下ろされてきた白刃を、クレアの背後から飛び出した貴族が自分の剣で受けた。

「女王陛下をお守りせよ！」

その言葉に他の貴族たちも剣を抜き、ハロルドと向かい合う。壇上にいたマーシアの貴族たちも降りてきて加勢したため、大広間はたちまち大乱闘となった。

クレアは彼らが衝突している間を縫って進み、階段を上っていく。道を阻もうとしたマーシア貴族たちは衛兵に退けられ、ほどなく武器を奪われたハロルド共々拘束された。

その首に憎々しげに刃を突きつけるアルバの貴族を、玉座に腰を下ろしたクレアが制する。

「その者たちはマーシア女王の威を借り、立場を悪用してアルバの人々を不当に虐げました。この国の法に則って裁かれなければなりません」

玉座から宣告する姪に、ハロルドが大声で言い放った。

「マーシアには勝てない！　この国の軍ではマーシアに勝てないぞ！　後になって後悔しても遅いからな！　売女め、覚えていろ！」

衛兵によって大広間から連れ出されながら、彼はしつこくわめき続ける。

大広間に響きたわたった呪いの言葉は、確かに一理あった。

勢いで王権を取り戻したはいいものの、問題は何も解決していない。元々国力の劣っていたアルバは、クレアのいない数か月の間に戦争をする余力を奪われ、前の戦で頼みにする予定だった大陸諸国は、マーシアが打った牽制の一手によって不介入の姿勢を取らざるをえなくなった。

そしてマーシアの軍は依然として強大である。

その場の空気は重かった。帰還した女王としてクレアが最初に果たさなければならない使命は、この場に満ちる絶望的な空気を——国を守るには命を懸ける他ないという悲壮さを払拭すること。

玉座のもとに集う者たちへ、クレアは力を込めて訴えた。

「我々はマーシアに勝てます。勝機はあります」

自分を見上げる面々と、一人一人視線を合わせていく。

「アルバの敗北を決定的とした最後の決戦において、我々は無駄に兵力を消耗するよりは次につなげようと、余力を残して投降しました。その後、多くの兵をひそかに宰相の領地に移し、来るべき時に備えていたのです」

クレアの説明に宰相がうなずいた。

「女王陛下が早いうちに降伏されたため、悪夢のようなこの二か月近くを、我が国は何とか持ちこたえることができました」

　宰相は保護した兵士たちをひそかに大陸に送り、様々な物資を調達させていたらしい。そして集めた物資を、マーシアの目に付かぬよう少量ずつ各地に分配した。どれも必要な分にはほど遠かったものの、それで何とか糊口をしのいだ村も多いという。

「兵たちはアルバを蹂躙するマーシアのやり口に怒り、何度も私に決起を申し入れてきました。私はそんな彼らに、女王陛下がお戻りになるまで待てと言い聞かせ続けてきました。彼らの士気は高く、備えも万全です」

　クレアは大きくうなずいた。

「感謝します。また、大陸の同盟国に関して、こちらもマーシアに先んじて手を打ってあります」

　その声に、貴族たちの間からざわめきが起きる。

　決戦の前、まさか叔父がマーシアと通じているとは思わなかったものの、親マーシア派の貴族から情報が漏れる可能性については予想していた。

　よってクレアは、あらかじめガリシニアとバロワとの間で密約を取り交わしていたのである。すなわちマーシアが何らかの手を打って援軍を阻んだ場合、両国は一度退く姿勢を示す。しかし再びアルバが決起した際には、マーシア女王の横暴を見過ごせないという口実で、諸侯が勝手に兵を率いて海を渡っていくという形で支援をする、と。

マーシアとの紛争を抱える両国は、マティルダの鼻を明かし、向こう数年は大人しくさせるだけの損害を与えたいと、大変乗り気だった。

クレアは玉座から立ち上がり、高々と告げる。

「援軍は来ます。今度こそ、皆で力を合わせてマーシアの脅威を討ち払いましょう！」

力強い呼びかけに、大広間の壁を揺るがすような喊声が応えた。

⚜

アルバは、僭王ガウリー伯と、彼の宮廷で国政を混乱させたマーシア貴族を捕らえ、マーシアとの間で結ばれた甚だしく不平等な休戦条約を一方的に破棄した。それに対しマーシアは即座に派兵で応じる。報せは瞬く間に大陸の諸国をも駆けめぐった。

クレアが帰国してほどなく、アルバとマーシアとの間で再び戦争の火ぶたが切って落とされた。両軍は、国境地域で激しく衝突する。しかしその場には、どちらの国の女王の姿もなかった。

マティルダが戦場に来ないのはいつものこと。王位を取り戻したクレアに関しては――戦争よりもまず、やらなければならないことがあったためだった。

めずらしく霧が晴れている。おまけに月が出ているため、周囲はまずまず明るい。

再びバーンウェル城に戻った時、以前は湖畔のあちこちにいた見張りの兵士は、ほとんどいなくなっていた。

クレアの時と異なり、地下で鎖につながれている現在の囚人は、逃亡の心配もないためか。あるいは北のアルバだけでなく、海をはさんだ別の国からも同時に攻め込まれ、三つの土地で戦争を抱えることになったマーシアに、余計な場所に割ける兵がなくなったせいか。

とはいえ湖畔側の船着場には兵士の一団が立ち、篝火(かがりび)を焚き、周囲を警戒している。

（マティルダが来ているのね――）

彼女は捕らえた捕虜の拷問に立ち会うため、たびたびバーンウェル城に足を運んでいるという。その際、二十名ほどの兵士が付き従い、半分は湖畔に残り、半分は共に城の中へ入っていく――。

この近くに住むアルバ人たちから得た情報である。

伝え聞く彼女の性格から、開戦すれば、その旨をウィリアムに伝えて精神的な苦痛を与えるだろうと予測し、決行日を今夜に決めたのは正解だったようだ。

「隊長」

クレアの小さな呼びかけに、「は――」と低い声が応じた。

クレアの後ろにいるのは、アルバ軍の兵士が十名。彼らはあらかじめ決めた通り、篝火の明かりが届かないぎりぎりの場所まで這って進み、クロスボウを構えて、合図と共にいっせいに引き金を引いた。

見張りに立っていたマーシアの兵士たちが、音もなくくずれ落ちていく。中には致命傷にならず、身構えた者もいたものの、すぐさま駆け寄ったアルバ兵によって斬り捨てられた。

ほんの瞬きほどの間の出来事だ。

「……見事です」

複数の命が消える様を目前にして、おののく気持ちを押し殺し、クレアは短く告げる。隊長が当然とばかりに応じた。

「クロスボウは、我々にとって先祖伝来の猟の手段。精度は銃と変わりません」

ともあれ、これで城の中にいる者たちに気づかれず、湖岸側の兵士を退けることができた。アルバの兵士たちは、てきぱきと敵の兵装を剥いで身に着け、遺骸を湖に沈めていく。

クレアは彼らと共に小舟に乗って湖を渡り、バーンウェル城地下の古い船着場へ誘導した。

そこにも見張りの兵士が二名いたものの、仲間に扮したアルバの兵士を警戒もしなかった。

たため、あっという間に気絶させ、縛り上げることができた。クレアはひとまずホッと息をつく。

　と、石造りの廊下の奥から、押し殺すような悲鳴や、女の軽い笑い声が響いてきた。

（ウィリアム……！）

　今すぐにでも駆け出したくなる気持ちを何とか押し殺し、クレアは兵士たちと共にひそかに、慎重に、城の地下へ忍び込んでいく。

　地下にはたくさんの部屋があり、廊下も複雑な構造だったものの、目的の場所はすぐに見つかった。その一室だけ、石の廊下に明かりが漏れていたためだ。

　廊下の死角にクレアを残し、兵士たちが松明を残して暗闇の中へと消えていく。この時のために選び抜かれた精鋭である。しばらくののち、兵士たちは音もなく戻ってきて、拷問場までの廊下にいたマーシアの兵士を全員排除したと告げてきた。

「四名でした」

「船着場に二名だから、あと四名がどこかに……」

　クレアたちが今夜、ここに来た目的は二つ。そのうちのひとつは、もちろんウィリアムの救出である。彼を人質に取られる事態だけは避けなければならない。

　アルバの兵士たちは用意していた装備の中から、プラムほどの大きさの塊をいくつか取り出した。狼煙に用いられる火薬である。それに火をつけて大量の煙を発生させ、火事を装って混乱を起こす作戦だ。しかしまさに火をつけようとした瞬間、マーシア兵の怒声が聞こえてきた。

「廊下の見張りが一人もいません！」

「何？　探せ！　探せ！」

バタバタとした忙しない足音の後、廊下に叫び声が響き渡る。

「いたぞ！　これは……死んでる!?」

(見つかった――)

顔をこわばらせるクレアの傍らから、アルバの兵士たちが即座に駆け出していく。混乱の隙を突いたのと、数に物を言わせたのとで、彼らはあっという間に残りのマーシア兵を倒していった。

「なっ……、なんだおまえたちは……!?」

動揺するマティルダの誰何を耳にしたクレアは待ちきれなくなり、隊長の合図も待たずに目的の部屋の中に飛び込んでいく。

「ウィリアム……！」

松明で照らされた部屋の中には、血の匂いが充満していた。数名の人影の奥に目を凝らせば、石の天井からさがる鎖に手首をつながれ、ぐったりしたウィリアムの姿が目に入る。乳白色の髪は汗と血に汚れ、髭の浮いた顔に貼りついている。そして裸の上半身にはいくつも重なって鞭の痕が走り、肌が裂けて血だらけだった。鞭以外の傷もたくさんある。

それを見下ろすようにしてマティルダが立っていた。周りには、廷臣と思われる立派な身なりの男たちが三名いる。突然部屋に押し入り仲間を斬ったマーシア兵と、さらに脈絡なく現れたクレアに、男たちは目を白黒させていた。

が、マティルダはちがった。はじめは驚きを隠さなかったものの、マーシア兵がそろってクレアに恭しく頭を下げるのを目にして、すぐに事態を把握したようだ。

彼女は足下に斃れた兵士の手から剣を取り上げると、素早くウィリアムの横に移動し、剣先を彼の首元に突きつける。

「ウィリアム……！」

思わず叫んだクレアに向け、彼女はニヤリと笑った。

「こいつを殺されたくなければ、そこの兵士たちを外に出せ」

しかし変装したアルバ兵は微動だにせず、マティルダに向けて矢を装填したクロスボウを構える。

あらかじめ話し合って決めていたことだ。兵士たちはどんな時も、ウィリアムよりクレアの身の安全を優先する――それが、クレア自身が参加するにあたって、作戦を指揮する隊長が出した条件だった。

「何をしている!?　そいつらをさっさと外に出せ！　こいつがどうなってもいいのか!?」

マティルダが、白刃をウィリアムの首に突きつけたまま怒鳴る。

クレアは血の気の引く思いで首を横に振った。

「兵士たちにその脅しはきかないわ。わたしにとってウィリアムは大切な夫だけれど、彼らにとっては赤の他人だもの」

「な……っ」

「おまけにあなたは、彼らにとって多くの仲間や家族の仇そのもの。彼らはあなたを殺したくてたまらないの。でもわたしが止めているから、今は引き金を引かずにいる」

今は、を強調して言い、クレアはマティルダを真正面から見据えた。

「投降しなさい。そうすれば命だけは保証します」

「妾に命令する気か!?」

「ウィリアムを殺したら、わたしは兵士たちに命令するわ。死なない場所に矢を打ち込み、あなたを捕らえなさい、と。そして次はわたしがあなたを拷問する。ウィリアムとそっくり同じ傷をつけてから殺してあげる」

半分は脅しだった。けれど本気に見えるよう、あえて微笑みを浮かべてみせる。

とたん、マティルダははっきりと青ざめた。震える声で喘ぐように言う。

「り、理由もなく妾を殺せば、諸外国が黙っては……」

「何を言ってるの？　今、アルバとマーシアは戦争中じゃないの。敵の王を殺すのにこれ以上正当な理由はないわ」

「――――……っ」

「そもそも一方的に戦争を再開したのはあなた。何もかもあなた自身が招いたことよ」

「ぐぅぅ……！」

「投降するの？　しないの？」

挑発的な言葉を並べたのは、彼女の注意をウィリアムから逸らし、クレアに引き付けるためだ。

表面上は微笑みながらも、クレアは内心、ウィリアムに突きつけられた剣先が彼を傷つけるのではないかとハラハラして見守った。

が、どうやら狙いは成功したようだ。

「小娘！」

自分の年齢の半分にも満たないクレアにコケにされ、逆上したのだろう。マティルダは剣を振りかざし、クレアに斬りかかってくる。

その瞬間、アルバの兵士の一人がクロスボウを撃った。矢はマティルダの右脚に命中し、彼女は弾かれたように後ろに倒れこむ。

「うわ……ぁぁぁ！　うわぁぁぁぁ！」

痛みに床をゴロゴロと転がって泣きじゃくるマティルダに、アルバ兵が駆け寄り、すぐさま応急処置を施した。壁際でそれを見ていた廷臣たちは、そろって腰が抜けたようにへなへなと座り込み、降伏する。

クレアはすぐさま覆面の拷問吏に命じ、ウィリアムの拘束を解かせると、床にくずれ落ちた彼を抱き上げた。

「ウィリアム！」

以前は白かった肌が、血と埃で汚れている。無残に裂けた無数の傷跡が痛々しい。彼は意識を失っているのか、ぐったりとして動かなかった。

「ウィリアム！　目を覚まして！　しっかりして、お願い……！」

クレアがここを出てから二週間がたっている。その間、どれほどの責め苦を受けたのだろう？　もしや間に合わなかったのだろうか……？

不吉な予感に泣きそうになったクレアの腕の中で、その時、わずかにうめく声がした。

「ウィリアム……!?」

声をかけ続けていると、目蓋がゆっくりと開き、菫色の瞳が力なく視線をさまよわせる。

「……ク、レア……？」

「――――……っっ」

安堵のあまり、クレアの目に涙があふれた。

「そう……そうよ……っ。約束通り……、迎えに来たわ。……待たせてごめんなさい……っ」

「クレア……、本当に……？」

「ええ……っ、よく見て。わたしよ……。ね？」

床に投げ出されていた手を取り、自分の頬にふれさせると、彼はクレアを見てかすかな笑みを浮かべる。血だらけの痛ましい姿でありながら、さもうれしそうに笑う。

「信じてた……。きっと来てくれるって……」

クレアは何度もうなずいた。

「あなたが殺されてしまっていないか、不安で胸が潰れそうだったわ」

「マティルダは、僕で試してみたい責め苦が、二百くらいあるって言ってた……。生きのびたのは、彼女の嗜虐趣味の、おかげだな……」

つらそうな呼吸の中で、彼が冗談めかして言う。

クレアは笑みを浮かべようとしたが、涙しか出てこなかった。

「よかった……っ、生きててよかった……っ」

ぼろぼろ泣いて、しゃくり上げるクレアの頬を、ウィリアムの指がなでる。

「死にそうなほど幸せだよ。助けを信じて、それが現実になるなんて……」

万感の思いがこもったそのつぶやきに、また涙があふれた。

「帰りましょう、ウィリアム。約束通り、二人でアルバに帰るのよ」

「あぁ――」

ウィリアムが苦しげにうなずく。遠くを見るようにさまよわせるその目にも、薄く涙がにじんでいた。

「アルバに、帰りたい……」

⚜

ウィリアムを救出したクレアは、護衛の兵士たちと共にすぐさまアルバへ戻った。

幸いウィリアムに致命傷はなかった。彼の言うように、苦しみを長引かせるため手加減されていたのか、医者の診たてでは命には別条のない傷ばかりとのことだ。それでも目を背けたくなるほど深いものも多く、動けるようになるまでにはしばし時間を要した。

クレアはその間に、ウィリアムと自分との結婚を、改めてアルバ国内に発表した。マーシアでの彼の評判ゆえに難色を示す者もいたが、マティルダから命を狙われていた中、クレアがバーンウェル城から脱出してアルバまで戻ってくることができたのが、ひとえに彼のおかげであること、またその際、身を挺してクレアを守ったことを、切々と訴えた結果、反対の声はほぼ消えた。

もちろん彼の父親である宰相の根回しのおかげでもあることは、言うまでもない。

だが晴れて女王の夫として認められたウィリアムは、その立場を悪用するばかりだ。

絶対安静の身でありながら、何かというと寝台から抜け出して働こうとする彼を必死に制止する世話人に対して、「もう大丈夫。女王の夫の言うことが信じられないのか？」などと迫るのだ。逆らえるはずがない。

よって彼を見張り、ベッドに押し込めたままにするのはクレアの役目となった。

「バーンウェル城でわたしに大人しくしろって言ったあなたの気持ちが、少しだけわかったわ」

マーシアとの停戦交渉についての報告の中で、向こうの責任者の名前を伝えたところ、それはめずらしくウィリアムが人質の頃から同情的に接してきた貴族で、おそらくマーシアはアルバ側の人員の中にウィリアムがいると思ってその人物を配したにちがいないから、自分も挨拶くらいはしなくては——と、早速ベッドを抜け出そうとしたため、夫の身体に抱き着くようにして押し戻したところである。

「マーシアには、そちらの女王から受けた拷問の傷が癒えていないため、欠席させていただきますと伝えておくから寝てて」

「そんな、みっともない……っ」

眉をハの字にして情けなさそうにうめく夫の顔に、ひそかに胸をきゅんっとさせながら、クレアは表面上は厳めしく応じる。

「あなたのためなのよ。とにかく今は全部わたしに任せてじっとしてて。言うことを聞かないというのなら、お仕置きするわよ」

「満身創痍の夫をさらに痛めつけるつもり？」

「痛みを伴わない拷問もあることを、あなたが教えてくれたわ」

彼のくちびるに小さくキスをすると、彼はクレアの背に手をまわし、再度のキスをねだってきた。軽いキスを交わしていると、やがてくちびるを甘く食まれ、次第に深いキスになっていく。しばらくなまめかしい口づけを交わした後、その気になったウィリアムが身体を入れ替えて押し倒してきたところで、クレアはするりと逃げた。

「だめよ。キス以外は、治ってから」

聞き分けのない夫を手際よくベッドに押し戻すと、彼は恨めしげにぼやく。

「君はマーシアの拷問吏よりも残酷だ！」

「一日も早く良くなってほしいのよ」

「もうほとんど治ってるよ。お望みなら馬にも乗るし、ダンスの相手だって――」

必死に言い募るウィリアムを、クレアは黙って見つめた。最低でもあと一週間は安静にと言われたでしょう？　と眼差しで伝えると、ややあって、ため息交じりのつぶやきが力なく返ってくる。

「……言いつけに従います。女王陛下」

くる。

「そんな言い方しないで。無理に言うことを聞かせるつもりなんてないわ」

柔らかい乳白色の髪の毛を指で梳くと、彼はその手を取って、指先に恭しくキスをして

「本当のことだろう。君は今や、アルバだけでなくマーシアの命運も握っている――」

マティルダのことを言っているのだ。

クレアが精鋭の兵士たちを連れて、マーシアに乗り込んでいった目的は二つ。

ひとつはウィリアムの救出で、もうひとつはマーシアの女王を拉致すること。

それはクレアの発案だった。ウィリアムの拷問のために、わずかな護衛だけを連れてたびたびバーンウェル城を訪ねると聞いて、真っ先に考えたのだ。彼女の身柄さえ押さえてしまえば、戦わずして勝てる、と。それに同意したアルバ軍が、全面的に協力してくれたため、こちらに犠牲を出すことなく見事やり遂げることができた。

あの後、拷問場で負傷したマティルダを縛り上げ、捕虜として運び、帰国の途上で国境に近いアルバ側の要塞に預け、そこに幽閉したのである。

予想通り、マティルダを奪われたマーシアは、ほぼアルバの言いなりだった。

クレアはアルバに優位な形で戦争を休止させ、大量の食料や羊毛、資源をマーシアに要求し、送られてきたものをそのまま困窮するアルバの各地に配った。またこれまで不当に占領されていた土地から、マーシア軍をことごとく追い払った。

ガリシニアとバロワは、マーシア領内で略奪の限りを尽くし、船を満杯にして国に帰ったという。

そして今、マティルダを人質に取ったまま、アルバはマーシアとの休戦協定の話し合いの席に着いた。まだ始まったばかりだが、手ごたえは上々である。

「今度こそ平和が訪れるわ」

ほくほく顔で話すクレアに、ウィリアムは苦笑する。

「そううまくいくかな?」

「入念に計画を立てているもの。マティルダがいない間にアルバが休戦協定を主導して、今後はそうそう戦争を吹っ掛けてこられないような条件を呑ませてみせる。ついでに、あちらの有力貴族の中で親アルバ的な人たちの立場を強化するよう働きかけるつもり。それについてはあなたの協力が不可欠だけれど……」

「喜んで力になるよ。でも少し時間がかかるだろうね」

「それが終わるまで、マティルダには軟禁生活を送ってもらうわ。これに懲りて少しは行いを改めてくれるといいけど……」

楽観的な意見に、彼は表情を改め、厳しい口調でつぶやいた。

「彼女はそんなに物わかりのいい性格ではないよ」

⚜

ウィリアムの読みは正しかった。

半月後。まだマーシアとの休戦協定の話し合いが続いていた最中、要塞に閉じ込めていたマティルダが逃亡したという報告が飛び込んできたのである。厳しい監視下に置かれていたものの、救出のための部隊がマーシアからひそかに送り込まれ、まんまと連れ出されてしまったらしい。

おそらく今後の交渉は、今までのように簡単には進まなくなるだろう——。戦々恐々とするアルバ側の予想通り、女王を取り戻したマーシア側の反撃は苛烈を極めた。

軍を動かして国境付近にあるアルバ側の村々を襲撃し、村人共々焼き払ったのである。かろうじて生き残った者の言によると、押し寄せてきた軍を前に降伏したにもかかわらず、一顧だにせず焼かれてしまったという。

アルバの王城に報せが届いたのは真夜中のこと。クレアはすぐさま重臣たちに使いを送り、城に呼び出した。集まった彼らは、報告を耳にするや戦慄して押し黙る。

町や村が降伏を拒否し、抗戦を選んだのであれば、焼かれるのもしかたがない。しかし降伏した村や町を住民ごと焼くなど、常軌を逸した行いだ。

クレアは震える声でつぶやいた。

「休戦協定の……話し合いの最中なのに……！」

報せを持ってきた兵士が苦渋の顔で告げる。

「マティルダ女王が破棄を命じたそうです。アルバと対等の立場でテーブルにつくなどありえないと」

重臣の一人が重い声音で言った。

「マーシアが休戦に応じたのは、軍の被害というよりも女王不在による混乱のせいです。その問題が解決すれば、戦争の再開は不可避でしょう」

「でも……でも、ようやく平和になると、みんな喜んで……」

クレアは手で顔を覆った。

戦場にいるアルバの兵士たちは、故郷に帰る日は遠くないと、指折り数えて待っているという。それなのにまた戦争が始まってしまうのか。おまけに大陸の諸侯が、間を置かずして再び援軍に応じてくれる可能性は低い。

ウィリアムが静かに言った。

「希望を与えてから奪う。マティルダの得意技だな」

「どうすれば……」

クレアは泣きそうになった。

「戦争を続ければ、焼かれる村が増えるわ。それだけは絶対阻止しないと。でも……」

「——……」

ウィリアムも口元にこぶしを当てて恐い顔だ。

ここでアルバが降伏すれば、待っているのは以前よりもさらにひどい報復だろう。せっかく温存していた兵や武器を奪われ、国として丸裸にされ、蹂躙されるだけ。

しかし戦いを続行すれば、さらなる村が焼かれてしまう。マーシアとの戦争に集中しなければならないアルバ軍は、辺境の村をすべて守ることなどできない。ただでさえ少ない兵力を分散させるわけにはいかないためだ。

いかにもマティルダらしいやり方だった。卑劣にして効果的。力の見せつけ方をよく心得ている。

陰鬱な空気が支配する中、クレアは意を決して口を開いた。

「ひとまず辺境の村の住民に、城壁のある町へ避難するよう要請を。それから……」

それから？　どうすればいいのだろう？

その場に集まった者たちの、青ざめて押し黙る様を前にして、言葉が出てこない。

と、その時、ふとウィリアムを見たクレアは、ぎくり、と心臓をこわばらせた。

（——……!?）

狼のように底光りする瞳が、青白い炎を孕んで冷たく目前を見据えている。苦悩する重臣たちの中でただ一人、彼は激しい怒りに震えているようだ。

クレアの視線に気がつくと、彼はふっと眼差しを和らげた。そして励ますように、クレアの手を力強く握りしめ、重臣たちに向けて言う。

「それから各自、大陸の国々にいる知り合いに、今から僕が名前を挙げるマーシアの貴族たちに働きかけるよう頼んでほしい」

彼はゆっくりと、二十名ほどの名前を口にした。皆、由緒ある名家に連なる者である。

ウィリアムは落ち着いた態度で周囲を見まわした。

「マーシアの貴族も、皆が皆マティルダを支持しているわけではない。人道にもとるやり口を嫌い、宮廷から去った者も多い。大陸の諸侯からそういった貴族たちに働きかけて、国の名を貶めるような悪行をやめるよう女王に訴えさせるんだ」

「果たしてマティルダが耳を傾けるだろうか？」

懐疑的な問いへ、彼は安心させるよう表情をほころばせてうなずく。

「大陸諸侯の意を受けたマーシアの貴族が団結して訴えたとあっては、無視もできないはずだ。無抵抗の村々を焼くことは、勝つために必要な非道というわけではないのだから」

穏やかな微笑に、クレアはふと違和感を覚えた。何か——何とは言わないものの、どことなくおかしな感じがする。しかしその正体をはっきりとつかめないまま会議は解散となった。

正直、ウィリアムの提案は、どれほどの効果があるのか疑わしいものだ。しかし何もしないよりはマシである。アルバの重臣たちは、早速今から手分けして事に当たると、慌ただしく去っていった。一方で軍を預かる将たちは出陣の準備を調えるべく散っていく。

マティルダの訃報（ふほう）が届いたのは、その二日後のことだった。

⚜

「おかえりなさい」

クレアの声に、ウィリアムはゆっくりと一拍置いて振り向いた。

深夜。アルバの王宮内に用意された彼の部屋である。こんな夜中に、自分の部屋で誰かが待ち構えているとは思わなかったのだろう。

明かりもつけずに窓際に立っていたクレアの姿を目にして、彼は軽く息をついた。

「なんだ、君か……」

帰って来たばかりの彼は、闇に溶け込んでしまいそうなほど暗いダークグレーの外套をまとっていた。

乳白色の柔らかい髪の毛が、湿気を孕んでしっとりと艶めいている。霧の中で馬を走らせていたのだろう。ヴェールのような細かい水滴がついた外套に目をとめて、クレアは静かに切り出した。

「昨夜、帰ってこなかったわね。どこに行っていたの？」

「……そんな目で見ないでくれ。ひと晩ふた晩帰ってこないことなんて、近隣の街に出かければめずらしくないじゃないか」

外套を脱いで椅子に掛けながら、彼は困り顔で応えた。そして窓際にいるクレアの前までやってくると、優しく軽いキスをする。

「もしかして変なことを疑ったりしていないよね？」

「変なこと？」

「僕には君だけだよ。――陳腐な言葉を言わせないでくれ」

燭台を灯していないため、彼を照らすのは月明かりだけ。ほのかな光は、どこかさみしげで、陰を孕んだ白皙の美貌をこの上なく引き立てる。

クレアは彼の目尻に残った傷跡を指先でたどった。拷問でつけられた傷である。

「肌が冷たいわ。長いこと馬を走らせたの？」

「一刻も早く君のもとに帰りたくてね」

「どこに行っていたのか訊いても、答えてくれないんでしょう？」

「誓って愛人なんかいないよ」

柔和な微笑を見上げ、クレアはわざとらしくため息をついた。

「あなたがわたしに夢中で、他の女性が目に入らないことくらい、わかってるわ」

「よかった。僕ほど妻に忠実な夫は世界中どこを探してもいないっていうのが、一番の自慢なんだ」

「世界一、質問をはぐらかすのが得意な夫がいるっていうのが、わたしの一番の自慢よ」

「帰ってきてすぐ、こうして君とじゃれ合える僕は世界一の幸せ者だ」

甘いささやきと共に、キスをしてこようとした彼の胸を手で押さえる。

クレアは笑顔を消して彼を見上げた。

「マティルダが亡くなったそうよ。ついさっき早馬が来た」

前線に近い城砦に滞在していた彼女は、一人でいる時に足を滑らせて階段から落ちたという。城砦の者が発見した時には、すでにこと切れて冷たくなっていた。遺体に、他に怪しい点などもなかったため、突然の死は、右脚の怪我が治りきっていなかったことによる事故として処理されたらしい。

「……そうか」

ウィリアムに驚いた様子はなかった。ただ静かに微笑んでいる。それこそが今、何もかもをはぐらかした答えのような気がする。

ここからマティルダが滞在していたという城砦まで、飛ばせば馬で一日。彼女が死んだことで最も得をするのはアルバなのだから。

しかしこの件でアルバが余計な疑いを持たれることもないはずだ。大陸の知人を通して、マーシアの貴族たちを動かそうとしていた矢先である。結果が出ないうちにおかしなことをするはずがない。

ウィリアムは前もってそこまで考えていたのだ。

「希望を与えて奪う――彼女の得意技は、これまでは僕の心を折り、力を奪うばかりだった。けれど……」

クレアの頬をなでながら、彼はひっそりと微笑む。

「君とアルバで幸せに暮らすという希望を奪われそうになって、僕は初めて、憎悪という激しい力を得た」

菫色の瞳は冷たく、昏く、不穏な影を孕み、恐ろしく無機質だった。まるで再会したばかりの頃に戻ってしまったかのようだ。

「そんな顔をしないで。後悔はしていない」

「ウィリアム……」

（わたしがもう少し、しっかりしていれば――）

せっかく捕らえたマティルダの逃亡を許したりしなければ、彼だけにこんな罪を負わせずにすんだのに。

マティルダだけではない。クレアの軽率な言動のせいで、彼はノーマンもその手にかけることになったのだ……。

自らの未熟を悔いてうつむいたクレアの顎を、彼の人差し指が持ち上げた。

「ひとつ、いい報せがある。ライアンとケヴィンを発見した。僕の嘆願を受けて、鉱山に送られていたらしい」

「え?」

バーンウェル城までクレアを救出に来た際、兵士に捕まって連行されてしまったきり、行方がわからなくなっていた二人だ。思いがけない生存の情報に、クレアの顔が輝く。

ウィリアムもうなずいた。

「こっちに囚われているマーシアの貴族たちがいただろう? 彼らと交換で引き渡しに応じるそうだ。……あの二人は、僕になど助けられたくはないだろうけど」

「でも結果としてあなたは彼らの命も、わたしの命も救ったのだもの。二人だって自分たちの不手際を認めないわけにいかないはずよ」

「とはいえノーマンをあんなふうに……」

言いかけた夫の手を、クレアはつかんだ。

「わたしが取りなします。心配しないで。それより二人の身柄と交換に、マーシアの貴族をただで手放さなければならないのが、少しだけ悔しいわね」

アルバの宮廷でやりたい放題をしたマーシアの貴族については、こちらで貯め込んだ私財を没収した上で、さらに身代金と引き換えに帰国させるつもりだったのだが……。

クレアは思案顔でうなずいた。

「でもまぁ、未来の大事な廷臣二人を取り戻すほうが優先よ。私財はいただくけれど、身代金はあきらめましょう」

ウィリアムが小さな笑みをこぼす。

「僕の妻はごうつくばり――いや、しっかり者だな」

「国を立て直すのだもの。お金はいくらあっても足りないわ。取られた分は取り返さないと」

「同感だ」

彼は菫色の瞳を冴え冴えと輝かせた。

「マティルダが消えた今が好機だ。できる限り強気で行け」

「えぇ――」

絶対的な権力者である女王を失った今、おそらくマーシアは混乱の極に陥っているだろう。何しろアルバに女王が拉致されただけで、かの国の宮廷はほぼ機能不全に陥った。政策は何もかも、最終的には女王の裁可を得なければならず、勝手なことをすれば死罪。そんな暗黙の法が支配していた宮廷の負の側面が、如実に表れたわけである。

やっと戻ってきた矢先の不慮の事故だ。混乱はますます深まるにちがいない。

「マーシアはこれからどうなると思う？　彼女は後継者を決めていなかったんでしょう？」

何でもマティルダは、特定の臣下に権力を偏らせないよう腐心していたという。

「そうそう――」

ウィリアムは窓際から離れ、燭台に火をつけた。室内に暖かい明かりが広がる。燭台をテーブルに置くと、クレアに椅子を勧めてきた。

「僕もそれを話そうと思っていたんだ」

「誰か心当たりがいるの？」

腰を下ろしたクレアと向き合い、彼は政治家の顔で切り出してくる。

「色々と候補が出てくるだろうけど、一人、アルバに推してもらいたい子供がいる」

「子供？」

「マティルダの息子だ」

「……息子がいるの!?」

驚いて訊き返したクレアは、答えを聞いてますます度肝を抜かれた。

「レオンだよ」

「え……えぇぇぇっ!?」

思わず大きな声を上げてしまう。

バーンウェル城で、いつも粗末な灰色の外套をかぶり、人目を忍ぶようにして暮らしていた子供。

あの子が、マティルダの血を引いているとは――。

「あの……疑うわけじゃないけれど、ちょっと信じがたいわ……」

「無理もないね」

ウィリアムは深くうなずいた。

「でも本当だ。父親はマティルダの元仔犬。……妊娠させたことで彼女を怒らせ、処刑された」

ちょうど加齢で体重が増加していた時期でもあり、マティルダは当初、自分の妊娠に気がつかなかった。医師が気づいた時には、すでに手の施しようがないほど子供が大きくなってしまっていたのだという。自分の命を守るため、彼女は出産せざるをえなかった。

しかしそのことはごく一握りの人間にのみ知らされ、出産は秘された。

自分の王位を脅かす存在を、彼女は実子といえど認めなかったのである。

「マティルダ自身、十二歳の時に父親を殺したからね。脅威と感じたんだろう」

聖職者のとりなしにより、生まれた赤ん坊は城の召使いの子供ということにされ、彼女の視界に入らない場所で育てられることになった。――それを聞いて、クレアは首をかしげる。

「それなら、どうしてバーンウェル城に……？」

「ある時、王宮の中で遊んでいたレオンが、マティルダの宮殿に迷い込んでしまったんだ。彼女は手がつけられないほど怒って、子供を暖炉に向けて突き飛ばした」

「え……っ」

たまたま居合わせたウィリアムが救出したものの、レオンは顔や手足にひどい火傷を負ってしまった。そのまま王宮に置いておくのは危険と判断し、ウィリアムは女王に内緒で、子供をバーンウェル城に引き取った。

「とはいえ……あの子は母親譲りの見事な赤毛の持ち主で、どうしても目立ってしまうからね。だから常にフードをかぶっているように指示をしたんだ」

「そうだったの……」

壮絶な話に言葉を失ってしまう。

クレアとは少ししか関わることがなかったが、大人しい子だったように思う。あの子供にそれほど悲しい過去があったとは。

重い気分でクレアは確認した。

「わたしはあの子を国王に推すと、マーシアに伝えればいいの？」

それでアルバが新しい国王を味方につけ、レオンが本来の立場を取り戻せるのなら、お安い御用だ。

「あぁ。僕がマーシアに戻った後にね」

「マーシアに？　どういうこと？」

目をしばたたく妻の前で、ウィリアムはおもむろに切り出してきた。

「……これからマーシアに戻り、僕はレオンの父親だと名乗りを上げようかと思う」

「あなたが？」

突拍子のない話に困惑してしまう。

「でも……それは真実ではないんでしょう？　なぜ？」

「あぁ真実ではない。でもマーシアに親アルバ的な政策を取らせるために、一番手っ取り早い方法だと思う」

「つまり……王位継承者の父親だって、嘘の名乗りを上げてマーシアの宮廷に乗り込んで、アルバに有利な政治を行うってこと……？」

「その通り。話が早くて助かるな」

「ウィリアム……！」

クレアは思わず立ち上がった。いい手だとは思うが、彼の払う代償があまりに大きすぎる。

「あなたが大変な思いをすることになるわ！」

しかしウィリアムは迷いのない眼差しで言い切った。

「今が好機なんだ、クレア」

「それはそうだけど……」

確かにマティルダの唯一の息子というのは、これ以上はない正当な後継者だろう。

しかしこれといった後ろ盾がない子供と、女王の元情夫と後ろ指をさされていたウィリアムの組み合わせなど、苦労する予感しかない。全方面から攻撃されて立ち行かなくなる未来が目に見えるようだ。

それでもウィリアムは余裕の笑みだった。

「どうってことない。あの女王に仕えて生きていた頃に比べれば、そんなの苦労の内に入らないよ」

「でも……っ」

「それに武器もある。何しろ僕は長くマティルダの傍近くにいたからね。重臣たちのやり方は心得ているし、あらゆる弱点を把握している」

にっこりと不穏な笑顔を浮かべる彼に、クレアは渋面になる。

「レオンって何歳なの？　もしうまく王位に就いたとしても、安定させるのに数年はかかるわよね」

「今は六歳だ。後見人である僕が政治の実権を握るまでに一年、それを安定させるまでに三年、国王が親政を始めるまで十年ってところか」

「…………………」

長い長い沈黙の後、クレアはぽつりとつぶやく。

「……十年……」

顔を曇らせるクレアの手を、彼は握りしめてきた。

「今しかないんだ。マーシアが強大な隣国であることは今後も変わりない。二つの国が友好的な関係を築けるかどうか。アルバの治世は、その事実に大きく左右される。それならできるだけのことはしておきたい」

「それはわたしも同じ気持ちだけど……」

何もウィリアム一人がそのような重荷を背負わなくてもいいはずだ。

国の人身御供として、今までずっとつらい思いをしてきたというのに、またしても最も困難な立場に立つだなんて——。

とても同意しきれないクレアに向け、彼はなおも訴えてくる。

「頼むよ。僕のことなら心配無用だ」

「心配だわ！　当たり前でしょう!?」

「アルバのためじゃない。君のために力を尽くしたいんだ。それがどんなに茨の道でも——いいや、茨の道であればあるほど、僕はきっとそこを進んだ自分を誇れるようになる」

「ウィリアム……」

「……でも僕は、二度と君の望まないことをしないとも誓っている。もし君の賛成が得られないなら、この案はなかったことにするよ」

「────……」

熱のこもった訴えからは、言葉以上の想いが伝わってきた。同時に、その熱は痛みのようなものを孕んでいる気もする。

（もしかしたら……）

彼の誇りと心とを無残に踏みにじった過去を乗り越えるために、あの国での成功が──マティルダの治世を否定し、自分の思う形に作り替えることが、必要なのかもしれない。彼があの国で負った傷はあまりにも深く、アルバで幸せに暮らしているだけでは癒やせないのかもしれない……。

だとしたらここで反対するのは、前を向こうとする彼の足を引っ張ることになる。そもそも自分に縛りつけて彼の行動を阻むのは、決して本意ではない。

（あぁでもまた十年も彼と離ればなれになるだなんて……！）

うつむいてぐるぐると悩んだ末に、クレアは嘆息した。

彼はクレアの望まないことはしないと言うが、クレアだって、ウィリアムの望みに背を向けたりはしたくない。彼にこうまで頼まれては、到底否とは言えないのだ。

「……八年、離れていても、想いは募るばかりだったんだもの」

顔を上げて、何とか笑顔を見せる。

「十年も離れたら、あなたを愛する気持ちが募りすぎて、空をも突き抜ける高さになってしまうわ」

彼はホッとしたようにクレアを抱きしめてきた。

「ありがとう……っ」

愛おしい人の体温に包まれる切なさに、クレアの目に涙がにじむ。

「元気でね。無理はしないで」

「うん。必ず――必ずマーシアを、アルバの良き隣人に変えてみせる」

力強い言葉は、八年前、彼がマーシアへの人質として身代わりを申し出た時を思い出させる。しかし今の彼は、あの時とはまったく異なる。大人になり、誰にも負けない知恵と力をつけた。

彼が苦労をすることへの心配はあっても、その身に何が起きるかわからないという恐怖はない。彼はどのような脅威も予測し、立ち向かうことができるだろう。

クレアは彼を見上げ、できる限りの笑顔を浮かべた。

「愛してる。あなたを誇りに思うわ」

「僕も君が誇らしくてたまらない。僕の人生も命も何もかも、君のためだけにある」

「アルバの人々がわたしをいらないって言ったら、玉座を誰かに渡すことも考えるけど、あなたは絶対に誰にも譲らない。あなたのすべては、死ぬまでわたしのものよ」

涙の浮かんだ瞳をしばたたいて、懸命に彼の姿を目に焼きつけようとする。ウィリアムは蕩けそうな笑顔を浮かべる。

「光栄だ。僕の女王――」

涙のにじむクレアの目尻にキスをして、彼は艶めいたくちびるを濡らした。

エピローグ

好天に恵まれたその日、アルバは初めて、マーシアの現国王であるレオン一世を王宮に迎えた。

前後を美々しい護衛騎兵に囲まれ、大量の土産物を積んだ馬車や大勢の召使いなど、長い行列を率いてやってきた彼を、王都の民は大量の花びらを撒き、歓声を上げて歓迎する。

前女王マティルダの急逝から五年。レオン一世がこの地にやってきたのは、他でもない、彼の後見人にしてマーシアの護国卿であるグレスモント公ウィリアム・ランファナンと、アルバのクレア女王との結婚式に参列するためだ。

二人は五年前から婚姻関係にあるものの、当人たちが正式と考える結婚式を挙げた事実はないことから、今回改めての挙式に至ったという。王宮の中にある聖堂で行われた式には、アルバ国内のみならず、マーシアからも大勢の賓客が出席した。

特に十一歳の若すぎる隣国の王を、誰もが熱烈に歓迎した。それはレオン一世が、これまでにない親アルバ的な政策で知られているためだろう。

見事な赤い巻き毛の持ち主で、紺地に金の刺繍が入った重たげなマントを身に着ける姿は、まだほっそりとしている。白貂の襟巻に包まれた顔は、頬から顎にかけて目立つ火傷の痕があるものの、それ以外は整ったかわいらしい作りだった。幼少時に苦労をしたせいか、国王という立場にありながらも偉ぶらず、誰に対しても丁寧な、穏やかな気質であるという。

それは彼がアルバに対して取っている政策にも反映されていた。

歴史的に対立と和解をくり返してきた両国だが、前女王マティルダの治世だった三十年ほど前からは、史上まれにみる凄惨な戦争が続いた。急な事故死によって終止符の打たれた女王の治世は、加虐と不道徳に満ちた忌まわしい時代として、あらゆる痕跡を消され、今では記録の中に名を残すのみである。

王朝の名前すら変わった現在、五年前には最悪だった関係が嘘のように、両国は強固な同盟で結ばれていた。

それはアルバのクレア女王の柔軟な外交政策もさることながら、マーシアの宮廷で国王を補佐する護国卿、グレスモント公の剛腕によるところも大きい。

彼は、マティルダ女王に嫌われ、宮廷から遠ざけられていた貴族たちを味方につけることで、後継者争いが高じて内乱に突入しかけたマーシアの宮廷を、あっという間に支配下に置いてしまった。さらに女王の実の息子という、絶対的な後継者の下でひとつにまとめ、女王の突然の死によってもたらされた混乱を、一滴の血も流すことなく治めてしまったのである。

彼は、国王の父親でありながら決して驕ることなく、しかし必要な時は断固として権力を行使するという、硬軟織り交ぜた政治力を見せつけた。そしてアルバと手を携えてマーシアに繁栄をもたらすことで、アルバを蔑み、敵対する風潮の強かった宮廷の意識を少しずつ変化させていった。一方でマティルダ女王が生きた痕跡を徹底的に消し去り、王朝の名前を改めたのも彼である。

自らの目指したことを大方やり遂げたということか。グレスモント公はこの結婚式の前に、護国卿の地位を返上し、今後は息子の補佐を、自身が指名した宮廷の重臣たちに委ねる旨を発表した。

長く離ればなれに暮らしている妻のもとへ戻る彼も、新たに要職に就く重臣たちも、どちらにとっても有益な決断である。

結婚式の後、アルバの王宮で行われた祝宴は、誰もが良い気分で過ごしたのだった。

⚜

「マーシアの宮廷からは完全に退いてしまうの？」

盛大な披露宴から退席し、ようやく部屋に戻ってきたクレアは、侍女に手伝ってもらってドレスを脱ぎながら、ソファでくつろぐ夫に問いかける。

刺繍や貴石の装飾に満ちた立派な上着を早々に脱いで、クラバットも外したウィリアムは、ソファの背に頭を乗せて天井を仰いでいた。

「いや……、それはさすがに陛下のお許しが出なかった」

彼が血を分けた父親でないことをレオンは承知している。そういうことにしてマーシアとアルバ、両国のために働きたいという希望を、幼い少年は聞き入れてくれたのだ。

それは少年の寛大さというよりも、環境が激変する中でウィリアムの協力が不可欠だったという事情のためだろう。多少は身辺が落ち着いた今でも、レオンは誰よりもウィリアムを慕い、頼りにしている。

よって、なかなか手放そうとしないのだ。

「でもこの先は月の半分をマーシアで、半分をアルバで過ごす許可をいただいたよ」

「月の半分！」

クレアは顔を輝かせた。

この五年間、ウィリアムはマーシアの宮廷を牛耳るのに忙しく、ろくに会うこともかなわなかった。去年くらいからようやく、ひと月に一度、会議や会談などを口実に彼がアルバにやってくるようになったのだ。といっても互いに仕事に追われ、二人でゆっくり過ごす時間はほとんどなかった。

それを考えれば、月の半分を同じ王宮の中で暮らすことができるのは大きな進歩である。

「少しは夫婦らしく過ごせるようになるわね」

「それは誘い文句と思っていいの？」

本来であれば初々しく見つめ合うことから始まるはずの、新婚初夜の寝室。しかし二人の間の空気はすでに劣情を孕んだ濃密なものだった。

今夜は実に五年ぶりに、夫婦水入らずで過ごすことのできる夜なのだ。

侍女の手を借りてドレスを脱ぎ、簡素な夜着に着替えるクレアを、ウィリアムはじっと見つめている。クレアも愛する夫から目を離すことができない。二人は軽い会話を交わしながら、ひたむきに見つめ合っていた。そして侍女が立ち去るや、互いにせき止めていた情熱を迸らせる。

「――――……っっ」

腕をまわして抱きしめ合い、深くくちびるを重ねる。貪り合うキスに、くちゅくちゅと唾液が音を立てる。荒々しく息を継ぎながら、互いに執拗に舌を絡め合った。甘く吸い上げられ、下腹の奥がたまらなく疼く。露骨に性感を煽る口づけだ。

性急に先に進もうとするウィリアムを、クレアはくすくす笑って制する。

「慌てないで。会議と晩餐会の合間の逢瀬とはちがうのよ。時間は充分あるから――」

これまでは、彼がアルバに来るたびに互いに予定をやりくりし、何とかつかの間、二人きりの時間を作った。ごく限られた逢瀬であったため、話をするのももどかしく、激しく交じり合うばかりだった。

しかし今夜はちがう。二人ともこの先一週間は完全に公務を休む予定である。急ぐ必要はまったくないのだ。

クレアは焦らすように、狂おしく絡みついてくる舌を優しく食む。あえてゆったりと吸い舐るうち、交合への期待がいっそう高まり、互いの身体が燃え立っていくのがわかった。

長い長いキスのさなか、夜着越しに昂ったものを押し当てられ、クレアの淫唇にも蜜があふれる。背伸びをして、恥骨で熱塊を擦ると、それはすでに凶悪なほどぎちぎちと漲っていた。背中をなでまわしていた彼の手が這い下り、尻たぶをつかんで、ぐいぐいと欲望を押しつけてくる。

恥骨を刺激する逞しいものの感触に、思わず物欲しげに喉を鳴らしてしまった。

「んふ……っ」

慌てないで、と自分で言っておきながら、クレアは早くも我慢ができなくなる。口づけを解き、情欲にうるんだ目で夫を見上げた。

「ベッドに連れていって……」

彼はくすりと笑い、「仰せのままに」とクレアを抱き上げてベッドに運ぶ。そして敷布の上に丁重に横たえると、手早く自身のシャツを脱ぎ捨て、脚衣の前をくつろげた。とたん、隆々とそそり立つものが現れる。クレアはうっとりとため息をついた。

一刻も早くそれでいっぱいに満たされたい。そんな思いから、自ら夜着の裾をめくり、脚を開いて両の膝を立てる。絹の夜着は、大腿を滑って腹部までめくれてしまい、下肢のすべてが露わになる。

控えめな燭台の明かりを受けて、宵闇に真っ白く浮かび上がる脚を、ウィリアムもまた陶然と見つめてきた。脚の間に膝立ちになると、彼は大腿に手を這わせ、悩ましくなでまわす。

「……はぁ……」

ことに敏感な内股にキスをされ、ねだるような吐息が漏れた。口づけを交わしただけだというのに、クレアの花びらはすでにしとどに濡れている。彼がほしくてたまらない。

「ウィリアム。ねえ……」

精いっぱい甘える声で促したというのに、彼は素知らぬ顔で花びらに顔を近づけてくる。意図を察したクレアは、そうはさせじと彼の顔を両手ではさんで起き上がり、鼻の頭にキスをした。

「ダメ。……まず、あなたので達きたいの」

上目遣いでささやきながら、彼の屹立をそっと手のひらで包み込むと、ウィリアムは衝動を堪えるように秀麗な美貌を歪ませる。

「よせ、クレア……っ」

「その顔、好きよ。色っぽいわ」

ちゅっとくちびるにキスをすると、彼は身を乗り出してクレアを押し倒し、覆いかぶさるようにくちびるを重ねてきた。ぬるりと熱い舌が入り込み、荒々しく絡みついてくる。音を立てて口腔を舐り、感じやすい場所を舌先でくすぐってくる。

一方でクレアの膝を左右に押し広げ、濡れた花びらを完全に開かせると、熱くて硬い先端を押し当ててきた。待ちかねたように吸いつく淫唇に、滾りきったものをひと息にねじ込んでくる。

「んんーっ……！」

鋭く抉られた下腹の奥で歓喜が爆発した。蜜壺は、根元まで呑み込んだ屹立をきつく搾り上げ、恥骨に叩きつけられた腰をはさんで、大腿がビクビクと震える。

挿入しただけで昇り詰めてしまった隘路を、ウィリアムは荒々しく突き上げ始めた。抽送のたびにじゅぷっ、じゅぷっと蜜が飛び散り、卑猥な水音を立てる。

「はあっ、……ぁあっ、……あっ、ぁあン……っ」

大きく上下に揺さぶられながら、クレアはあられもなく啼きよがった。激しい突き上げに合わせて夢中で腰をくねらせる。

痴態を彼に見られていると思うと、どこまでも興奮する。頭が真っ白になるほど気持ち

がいい。

　下肢に腰を打ち付けられるたび鋭い恍惚が弾け、眼裏が明滅した。達したばかりで、ぎちぎちと熱杭を締めつける蜜洞を蜜をまき散らす勢いでかきまわされ、背をのけ反らせて煩悶する。

「あぁあっ――いいっ……ウィリアム、いいわ……っ」

　抽送の勢いに振り落とされそうになり、クレアは必死に彼にしがみついた。ずんっずんっと大きく腰を動かしながらも、彼は、快楽に蕩けて啼くばかりのクレアのくちびるを奪ってくる。興奮と快感を伝え合うキスだ。ひたむきに互いの舌を貪り合う。

　ぐりぐりと切っ先で奥の性感を捏ねられ、クレアは思わず口づけを解いて悲鳴を上げた。

「あぁあぁ……っ」

　背をしならせて身悶える上体はすっかり汗ばみ、絹の夜着が貼りついている。まださわられてもいない胸の先端が、布越しにも明らかなほど、ぴんと硬く尖っていた。弾む胸に舌なめずりをしながらも、彼はクレアの膝を抱え直し、いっそう激しく、のしかかるようにして腰を叩きつけてくる。濡れた打擲音が、短く速いものになっていく。

　クレアは甘い悲鳴を上げながら、髪を振り乱して悶えた。背筋がきつく弓なりに反る。涙がぽろぽろこぼれる。再び大きな絶頂に追い上げられ、気持ちよく全身を痙攣させる。

「あぁぁ――……！」

ぎゅうぎゅう締めつける蜜路に降参するように、ウィリアムも短くうめいて欲望を弾けさせた。長く続く吐精を受け止め、クレアは恍惚に打ち震える。

蕩けて上気したその顔をのぞき込み、彼は不本意そうに訴えてきた。

「何なんだ君は。がっつくなと言っておきながら、優しくしようとすると煽ってくる……」

しかめ面をうるんだ目で見上げ、クレアはくすくす笑う。

「ごめんなさい……。ゆっくりしたかったのだけど、わたしが我慢できなかったわ」

「それでなくても余裕がないっていうのに……」

「ないの？」

愛しい夫の裸の上半身に手をのばし、うっとりとなでまわす。彼は「ないね」と答えてクレアの額にキスをしてきた。

「この五年間、ろくに会えなかった妻を前にしているんだ。披露宴の間ずっと、このことばかり考えていたよ」

「わたしもよ。期待で胸がはち切れそうだった」

「……うれしいことを言わないでくれ。本当に手加減できなくなる」

「必要ないわ。好きにして」

「どうなっても知らないぞ――」

「本当のあなたを感じさせて」

チュッと軽いキスをすると、二人は互いに着ているものを脱がせ合い、全裸になった。

横たわるクレアに覆いかぶさり、彼は再びくちびるを重ねてくる。今度は深いキスだった。

舌を絡め合う陶酔に浸るうち、まだ絶頂の余韻にわなないている蜜洞に、ずぶりと楔が埋め込まれてくる。果てたばかりだというのに、それは硬く猛々しく屹立していた。熱く熟れた媚壁は、そんな欲望を歓んで迎え入れ、甘やかに絡みつく。

手加減しないと言っておきながら、蕩けるようなキスを交わしたまま、ウィリアムはゆったりと動き始めた。そして揺さぶられるたびにたぷたぷと弾む胸を、両手で包み込んでくる。ゆるりと揉み、左右から寄せ上げると、頂の尖った部分を指の腹で転がしてくる。

「ふ……っ」

大きな手で、柔らかく円を描くように柔肉を捏ねられ、じんわりと湧き起こる愉悦に吐息がこぼれた。巧みな愛撫に心地よく身悶えていると、いたずらな指がきゅっと乳首をひねる。

「んぅっ……」

下腹の奥がきゅんッと疼き、つながったままの彼自身を甘く締めつけた。すると張りつめた膨らみを、ますますいやらしい手つきでまさぐられる。十本の指でねっとりと揉みしだかれ、合間に硬く尖った先端をいじられ、たまらず疼いた身体が物欲しげに波打つ。

「はぁ……あっ、……ぁっ……」

ゆったりとした抽送に合わせ、クレアも意識して腰を振った。ずぶずぶと押し込まれてくる時には力を抜き、ぬぶぬぶと引き抜かれる時には意識して締めつける。するとウィリアムも心地よさそうに眉を絞って息を漏らす。

愛する夫のそんな表情にうれしくなった。

互いに相手を感じさせようと腐心するうち、快感がより強く深いものになっていく。

「いいわ、ウィリアム……気持ち、いい……っ」

吐息と共にうっとりとつぶやく。愉悦のさざ波に酔い、弓なりに反ったクレアの背中に、ウィリアムは手を入れて抱き起こしてきた。そのまま、寝台に腰を下ろした彼の膝の上にのせられる。とたん、深々と呑み込んだ熱杭に自重がかかり、ごりっと内奥を抉られた。

「あぁぁ……！」

クレアの喉から歓喜の声が迸る。脳髄まで貫いた衝撃と快感にブルブルと打ち震える。みちみちと淫路を満たす剛直の逞しさに、思わず夫の首に縋りついた。

「奥までっ……すごい……っ」

「君もすばらしいよ。腰が溶けそうだ……」

甘くささやかれながら背中をなでられ、背筋がぞくぞくと愉悦にわななく。

最奥までずっしりと満たしたまま、彼はゆっくりと突き上げを始めた。ただでさえ深々と刺さっているものが、奥の性感にずくずくとめり込んでくる。

「あぁっ！　そんなっ、あっ、ふあぁ！　……ふ、深い……！」

二度も達したせいで、ひどく感じやすくなっていた内奥から、息も詰まるほど激しい官能があふれ、またしても高みへと追い立てられていく。ウィリアムは執拗に奥を責め立て、クレアを悩乱させた。

くり返される淫虐（いんぎゃく）に、熱杭をぎゅうぎゅう締め上げながら頭が真っ白になっていく。快楽に追い立てられるまま淫蕩に腰を振りたくる。それに触発されたように、ウィリアムの突き上げも激しく、小刻みになっていく。

「クレア……いっしょに……っ」

息を詰めてのささやきに、こくこくと泣きながらうなずいた。

意識が愉悦で染め抜かれ、途方もなく高いところへ昇り詰める。

「あぁ——っ……！」

両腕と両脚。全身で彼にしがみついたまま、クレアはビクビクと痙攣した。

次の瞬間、中を圧迫していた欲望が弾けて甘い責め苦から解き放たれる。うっとりと締めつけを味わっていたウィリアムは、クレアが身体を弛緩（しかん）させると、軽く笑いながらベッドにクレア共々身を横たえてきた。

「続ける？」

うんと言えば、本当にそのままのしかかってきそうだ。クレアは息も絶え絶えに応じる。

「待って……少しだけ……」

呼吸を整えながらちらりと横を見れば、彼は腕枕でクレアを見下ろしていた。視線に気づくと、汗で顔に貼りついた髪の毛を払い、こめかみや目尻に小さくキスをしてくる。

クレアはそんな夫にじゃれつき、押し倒すようにして、逞しい胸の上にうつ伏せでもたれかかった。くすくすと笑って軽い口づけを交わしながら、幸せな気分に浸る。

「これから一週間、こうしていられるなんて夢のようね」

胸板に乗るクレアの頬をなでながら、ウィリアムもうなずいた。

「二人とも今まで働き詰めだったからな。長い休暇をもらっても罰は当たらないはずだ」

「アルバのために一生懸命働いてくれてありがとう」

「アルバのためじゃない。君のためさ」

「どう報いればいいのか、ずっと考えていたんだけど、思いつかなかったわ。何か希望はある？」

「身体で払ってくれればいいよ」

「もう！　そうじゃなくて……」

ぷぅっと膨れるクレアに、ウィリアムは笑って返す。

「言い方が悪かった。身体で払ってくれるのが何よりの褒美だ」

「あなたを愛しているし、とても感謝しているの。これからたくさん喜ばせたいのよ。アルバで幸せになってほしい。だから、何かこう……ほしい物とか、地位とか、そういう形で――んんっ……」

ふいに身体を入れ替え、組み敷いたクレアのくちびるを塞ぎ、彼はしばらく甘いキスを堪能した。ゆったりと味わった後、顔を離してペロリとくちびるを舐める。

「……僕を喜ばせたいなら、物や地位より、君を好きにさせてくれるのが一番だって言ってるんだ」

「そんなの……」

「女王を好きにできるなんて、この上なく贅沢な特権だと思うけどな。――陛下、試しに今度はバルコニーでしてみませんか？　外の風を感じながら」

「ば……っ」

「御身で僕を喜ばせたいのでしょう？　でしたら望みを聞き届けてくださいませんと」

「ウィリアム……！」

ふざけ半分でベッドを降りようとする夫の腕をつかみ、必死に引き留める。彼はそんなクレアに笑って抱き着いてきた。

「……君を愛しているよ。ほしいのは永遠の愛。それさえあれば幸せだ」

「……わかったわ」

彼の腕の中で見つめ合う幸せに酔いしれる。

「でもわたしは、あなたからほしいもの、ひとつある」

「何……？」

「わからない？」

空色の瞳を輝かせ、じぃっと見上げていると、彼は答えに気がついたようだ。「僕もだ」と破顔する。

「一日も早く得られるように励もうか」

「そのための一週間よ」

どちらからともなく顔を近づけ、ついばむキスを交わす。

きっと自分たちは、そう遠くない将来、望み通りに愛の結晶を得るにちがいない。男の子でも、女の子でも、どちらでもいい。

その頃には今よりももっといい時代になっているといい。

（いいえ。きっとそうしてみせる。ウィリアムと一緒に——）

決意と、さらなる幸せの予感と共に、クレアは愛する夫の巧みなキスにうっとりと溺れ続ける。

アルバの歴史に、クレアはこう記録されるだろう。

愛する夫と子供、そして長き平和に恵まれた、史上最も幸せな女王であった、と——。

あとがき

こんにちは。最賀すみれと申します。

本著『番人の花嫁』をお手に取っていただき、ありがとうございました。

命を懸けて祖国を守ろうとするクレアと、クレアさえ守れればいいと自分の城に閉じこもるウィリアムの、想い合っているのに気持ちがすれちがう関係にヤキモキしていただければ嬉しいです！

担当編集Yさまには、「マティルダ女王が怖すぎてクレアの行動にハラハラしました」とコメントをいただき、たしかにクレアはホラー映画でフラグ立てまくったあげく真っ先に死ぬタイプだなと思いました。「頼むから大人しくしてて！」と、半泣きで訴えるウィリアムに激しく共感……。

イラストは炎かりよ先生です。かねてより炎先生の描かれる逞しい男性キャラが大好きでしたが、今作では線の細い美青年ヒーローをイメージ通りに描いてくださいました！何よりカバーのウィリアムの冷たく覚悟に満ちた眼差しが素晴らしいです。ありがとうございました！

最後になりましたが、本書の読者さまへ最大級の感謝を。

またお目にかかる機会がありますように！

最賀すみれ

この本を読んでのご意見・ご感想をお待ちしております。

◆ あて先 ◆
〒101-0051
東京都千代田区神田神保町2-4-7 久月神田ビル
㈱イースト・プレス　ソーニャ文庫編集部
最賀すみれ先生／炎かりよ先生

番人の花嫁

2021年11月6日　第1刷発行

著　　者　最賀すみれ
イラスト　炎かりよ
装　　丁　imagejack.inc
発 行 人　永田和泉
発 行 所　株式会社イースト・プレス
〒101－0051
東京都千代田区神田神保町2－4－7 久月神田ビル
TEL 03－5213－4700　FAX 03－5213－4701
印 刷 所　中央精版印刷株式会社

ISBN 978-4-7816-9710-9
定価はカバーに表示してあります。

Sonya ソーニャ文庫の本

『**復讐の甘い檻**』 最賀すみれ

イラスト ウエハラ蜂